AF408007

Alí el Canario
Un corsario berberisco

Moisés Morán Vega

ÍNDICE

Las Ánimas y el viaje

La mañana del 26 de julio del año 1655 el bergantín *Las Ánimas* estaba atracado en el muelle de Las Palmas. Ese mismo día partiría rumbo a Berbería. El capitán, Juan Sánchez, estaba dando el penúltimo repaso a los pertrechos, las jarcias, los aparejos, las velas y los remos. También comprobó que el avituallamiento era el adecuado para las más de cuarenta jornadas que iban a estar pescando en las cercanías de la costa africana.

El capitán era un pescador experimentado. Llevaba más de veinte años dedicándose a la pesca en las costas cercanas a África y comenzó, desde niño, a pescar junto a su padre, con el que aprendió el oficio y sus secretos. Sin embargo, en los últimos años, la pesca se había convertido en una actividad de riesgo. Los piratas y los corsarios de Argel habían hecho mucho daño a la actividad pesquera de las islas. No había otra salida que partir hacia los bancos de peces que abundaban en Cabo Bojador. Esta era la única actividad que le reportaba algo de dinero para mantener a su familia.

La pesca era una de las principales actividades económicas para los ciudadanos de Las Palmas, ya que de ella dependían muchas familias, y el pescado salado era uno de los alimentos principales de la dieta del canario. También se había convertido en el principal producto que los capitanes de los barcos compraban cuando recalaban en el puerto para hacer la aguada de camino hacia América o África porque se conservaba muy bien.

Gran Canaria contaba con un magnífico fondeadero que era conocido por los hombres del mar. Ese fondeadero era la bahía de Las Isletas, que hacía de refugio natural para los barcos que iban hacia el Nuevo Mundo o hacia África y que les permitía descansar y abastecerse de productos frescos, como fruta, verduras, agua, aceite o pescado salado, a través de la multitud de botes auxiliares que se acercaban a las naves que fondeaban en sus aguas.

La ciudad de Las Palmas también disponía de un muelle de apenas trescientos metros que era la puerta de entrada a la urbe, pero se trataba de un muelle pequeño y muy mal ubicado. En él podían atracar unos pocos barcos y tenía la dificultad añadida de que, cuando arreciaban los tiempos del sur y se izaba la bandera negra por los temibles rebosos, era imposible realizar las labores propias de estiba y desestiba, y los barcos tenían que buscar refugio en el abrigo de la bahía de Las Isletas.

La pesca era un gran negocio y una buena campaña te podía reportar una suculenta cantidad de dinero que te aseguraba más de seis meses de tranquilidad económica. Muchos canarios se aventuraban a embarcarse a pesar del peligro que eso conllevaba.

Una de las mayores preocupaciones de los maeses era la sal, sin ella no podrían soltar velas. Esta materia prima era fundamental para la salazón del pescado, que se realizaba en alta mar.

Por esta razón, el capitán Juan Sánchez se había acercado a las Salinas del Bufadero, en Bañaderos, la jornada anterior. En esta ocasión había apalabrado 300 fanegas de sal que guardaría como oro en paño en sus bodegas.

El precio de la sal era motivo de disputas entre los salineros y marineros, y esta vez no sería diferente. Al llegar a las salinas, el contramaestre, hombre de confianza del maese, desembarcó para cerrar el precio con el salinero y acordaron que no pagarían más de 980 maravedíes por fanega.

El contramaestre se acercó hasta un desembarcadero con una chalupa. Desembarcó y se dirigió al encuentro con el salinero, un hombre enjuto tan moreno que parecía mulato. Vestía con una ropa que algún día fue blanca y que, por la acción del sol, estaba amarillenta.

Lo reconoció al instante porque había hecho negocios con él en otras ocasiones. Estaba hablando con uno de sus empleados. Levantó la cabeza, se dirigió hacia Benjamín y le preguntó:

—¿Vienes a comprar sal?

—Sí, un cahíz.

—Sabes que su precio se ha disparado. Hay mucha demanda cuando empieza la campaña de pesca.

—Bajar, lo que es bajar de precio, nunca baja. Cuando no es una cosa, es otra —se quejó el marinero—. Te ofrezco 880 maravedíes por fanega. Ni una más, ni una menos.

El salinero valoró la oferta que le estaba haciendo el pescador. Él sabía que empezaba el juego del regateo.

—Por ese precio tenemos poco de qué hablar, marinero. Tú necesitas la sal y yo necesito tu dinero. 990 es el precio al que estoy vendiendo la fanega.

—¿990? Eso es un robo. 930 y cerramos el trato.

—Esto no es un robo, señor mío. Es el precio. Se lo puedo dejar en 980 y estoy perdiendo dinero.

—960, ni para usted ni para mí, ¿qué le parece? Mi capitán está dispuesto a irse a las salinas del sur, aunque perdamos un día, allí seguro que podremos comprar la sal a un precio más barato.

El salinero cogió un poquito de sal con la mano pensando que era cierto lo que decía el marinero. Él sabía que los precios de la sal en el sur eran mucho más baratos, pero también sabía que pocos capitanes se arriesgaban a ir hacía allí porque los fuertes vientos reinantes en aquella zona hacían muy complicadas las labores de carga de la sal.

—Entonces, ¿qué me dices, viejo? ¿Cerramos el acuerdo en 960 maravedíes?

—Por esta vez voy a aceptar, pero para la próxima campaña no voy a ser tan indulgente.

El contramaestre sonrió, le estrechó la mano y le dijo:

—Pues trato hecho. Mandaremos a unos cuantos marineros para que comiencen a cargar las fanegas de sal. Iré al barco a buscar el dinero para pagarle el precio acordado.

El contramaestre cogió la chalana y volvió al barco para darle las buenas noticias al capitán.

Al subir a bordo el capitán le preguntó:

—¿Cómo fue la operación?

—Bien. ¿Sabe que estos salineros parecen moros? Están todo el día regateando un maldito cahíz de sal. Al final cerré en 960 maravedíes la fanega.

—Muy bien. Eres un buen negociante y regateas como si fueras un judío, Benjamín. Recuérdame que te compense cuando cerremos la salazón con una veintena de pargos.

—Con este hay que tener mucho cuidado porque tiene muy mal carácter, señor.

—Lo sé, no es la primera vez que nos llama judíos usureros. Solo le falta tirarnos piedras. Cada vez que venimos a comprarle la sal tenemos que regatear el precio, pero este es el juego; unas veces se gana y otras veces se pierde.

—Me comentó que por esta vez pasaba, pero que para la próxima campaña no iba a regatear el precio y que sería un precio fijo.

—Por lo menos tenemos la sal que vamos a necesitar para salar toda la pesca y eso es lo más importante. Tú sabes que sin la sal no podemos zarpar. Así que estoy muy contento. Cuando las tengamos en las bodegas de nuestro barco, zarparemos sin demora.

El contramaestre ordenó a diez marineros que se pusieran manos a la obra para subir a bordo el cahíz de sal que habían comprado y luego los acompañó para hacer efectivo el pago que habían acordado con anterioridad.

Después de unas horas de duro trabajo en las salinas, regresaron al puerto de Las Palmas. Una vez allí, el capitán hizo el recuento de los marineros que tenía bajo su mando. A bordo solo tenía quince y para sacar adelante la campaña de pesca necesitaba por lo menos diecisiete hombres. El capitán y el contramaestre eran conscientes de la dificultad de encontrar marineros dispuestos a embarcarse en un barco de pesca cuyo destino eran las costas de África. Sabían que los corsarios rondaban aquellas costas y, si tenían la mala suerte de ser capturados, su destino no era otro que ser vendidos como esclavos en cualquier plaza de Argel. Sin embargo, ellos también sabían de la necesidad de muchas familias y su último recurso no era otro que embarcarse en un pesquero para traer algo de dinero para el sustento de la familia que, en muchas ocasiones, significaba la supervivencia de la prole por un año.

Simón Romero Arráez

Simón nació en 1639 en la calle Triana de Las Palmas, en el seno de una familia humilde como muchas de las que poblaban los barrios de las Canarias del siglo XVII.

La idea de enrolarse en un barco de pesca partió de su padre, que no veía salida alguna a la maltrecha situación económica de la familia a no ser que tuviera un poco de ayuda por parte de sus descendientes. No podía contar con sus tres hijas, que estaban en edad de casarse y que ya tenían acordados sendos matrimonios. Su hijo Gaspar, el mayor, se había ido al Nuevo Mundo; y el siguiente, Salvador, estaba aprendiendo el oficio de carpintero de ribera, por lo que solo le quedaba Simón que, por aquel entonces, tenía dieciséis años. A él no se le conocía oficio ni beneficio y se dedicaba la mayor parte del tiempo a jugar con sus amigos, a pescar en el muelle y a holgazanear por las calles de la ciudad.

Su padre lo llamó un día antes del almuerzo y le comentó en tono muy serio:

—Ayer oí en el muelle que están buscando marineros para ir a la pesca a Berbería. Nos vendrían muy bien algunos reales extras para mantener a nuestra familia. Creo que tienes edad suficiente para embarcarte y hacerte un buen marinero. Me han dicho que pagan bien y a medida que vayas cogiendo experiencia, el sueldo será mucho mayor. Aquí la situación cada día es peor. Mi sueldo casi no nos llega para comprar comida suficiente y alimentar a tantas bocas. No tenemos otra salida.

—No sé, padre. Yo estoy muy bien aquí y no me gustaría irme a un barco pesquero. Me han dicho que muchos que se embarcan nunca vuelven, que los cogen los moros, que luego los venden como esclavos y terminan remando en las galeras hasta que mueren.

Su padre, Juan Romero, era consciente del peligro que corrían en aquellas costas. Un número considerable de pesqueros habían sido apresados por los corsarios que navegaban por el Mediterráneo y la costa de Berbería. Muchos no habían regresado, ya que habían sido vendidos como esclavos en Argel o en Turquía. Pero la necesidad era mayor que los peligros que pudieran correr en aquellas costas porque una buena pesca garantizaba el futuro económico durante meses.

—Lo sé, hijo, pero sabes que necesitamos el dinero que puedas ganar si te enrolas en ese barco. Aquí no tenemos casi ni para comer. Tú, como te pasas el día jugando en la calle, no te enteras de la misa la mitad y no te das cuenta de lo mal que lo estamos pasando. Nos vendría muy bien el dinero que podrías ganar en ese barco pesquero.

El muchacho se quedó en silencio. No alcanzaba a comprender lo que le decía su padre y era cierto, él estaba muy al margen de las cuestiones domésticas y familiares.

—Padre, tengo miedo. No sabe las cosas que dicen de los moros y lo que hacen con los esclavos que capturan.

—Simón, sé que correrás un riesgo, pero necesito que te subas a ese barco de pesca. No hay otra salida —le dijo categóricamente.

Juan Romero sabía que su hijo tenía razón, que había muchas posibilidades de que no volviera a casa jamás si se embarcaba en el pesquero y que perdería a un hijo. Sin embargo, era un riesgo que había que correr y que aceptaba a regañadientes y con el dolor de su alma.

—Dígame dónde está ese barco, padre, y con quién tengo que hablar —le dijo resignado.

—El bergantín está atracado en el muelle y se llama *Las Ánimas*. Cuando llegues, pregunta por el capitán Juan Sánchez, él te explicará los pormenores. Espero que llegues a tiempo.

Simón salió cabizbajo y recorrió las calles de Las Palmas con paso cansino. Esperaba que su padre saliera de casa y le gritara que no fuera, que se había arrepentido, pero ese grito nunca se produjo.

Deseaba que, cuando alcanzara el puerto, el barco hubiera zarpado. Pero al llegar a los astilleros de la playa de Triana divisó al norte el único barco que estaba amarrado en el muelle. Ese debía de ser el que le había comentado su padre. Recorrió la playa hasta que llegó al muelle. Lo transitó despacio hasta que llegó al lugar en que estaba atracado el velero. Lo observó con detenimiento. Era un barco grande, con dos palos y dos velas cuadras que flameaban al viento. Había unos marineros que se movían de un lado para otro en la cubierta y otros subían a bordo multitud de mercancías a través de una pasarela de madera que comunicaba el muelle con el barco. Distinguió entre los artículos fruta fresca, agua y verduras.

Se quedó unos instantes delante de la embarcación. Tuvo la intención de dar la vuelta y decirle a su padre que le habían dicho que tenían el cupo de marineros cubierto, pero no lo hizo. Sabía que su familia necesitaba que se subiera a ese barco. Parte del futuro de su familia dependía de él.

El contramaestre le preguntó desde la proa:

—¿Qué miras, grumete?

—Estaba buscando al capitán Juan Sánchez. Me gustaría saber si todavía aceptan marineros —dijo Simón casi con vergüenza.

—Has llegado a tiempo. Nos queda una plaza para completar la tripulación. Espera que llamo a maese Juan.

Simón esperó en el borde del muelle siguiendo las maniobras de los nautas que estaban en la cubierta. Un hombre alto, moreno, delgado, con barba y un gorro de lana negro salió del interior. Se acercó a estribor, agarró uno de los cabos que sujetaban el palo y se dirigió a Simón:

—Soy el capitán Juan Sánchez ¿Qué edad tienes?

—Dieciséis años, señor, pero se podría decir que tengo diecisiete porque los cumpliré a finales de este año.

—¿Tienes ganas de enrolarte como marinero? Este es un trabajo muy duro, un trabajo de hombres, y una vez que soltemos amarras no habrá marcha atrás.

El joven pensó en decirle que no, que no tenía ganas de subir a su barco, que lo único que quería era salir corriendo para su casa y seguir con la vida que había vivido hasta entonces.

—Sí, sí tengo ganas de ser marinero —dijo sin mucho entusiasmo y mintiendo como un bellaco.

—Algo me dice que no tienes muchas ganas, pero no voy a discutir eso contigo. Si dices que quieres ser uno de mis tripulantes, te creo.

—Gracias, señor.

—Partimos mañana después de amanecer. Vente antes de las ocho. Ahora vete a tu casa y come algo; luego tráete un poco de ropa y no te olvides del abrigo. Te hará falta. Las noches son muy frías en alta mar y la humedad se te mete hasta el último hueso.

—Aquí estaré, señor —le dijo titubeante.

—Te esperamos, grumete, y mentalízate para el trabajo duro.

Simón dio media vuelta y se dirigió hacia su casa. Sonrió por primera vez. Le había gustado el capitán Sánchez y, en cierta manera, la corta conversación con él lo había hecho cambiar de opinión. Aceleró el paso hasta que comenzó a correr como un loco en dirección a su casa.

Al llegar gritó desde fuera:

—¡Padre, padre, me han aceptado, soy un marinero!

Su padre salió a recibirlo y, sonriendo, le dijo:

—Es una buena noticia, hijo, muy buena. No sabes cuánto me alegro. Tu trabajo nos será de mucha ayuda.

—Me dijo el capitán que zarpamos mañana y que tengo que estar antes de las ocho de la mañana. Tengo que llevar ropa y abrigo porque en alta mar hace mucho frío.

Su padre sabía muy bien que en alta mar se pasaba frío porque se había embarcado tres veces como marinero temporal en un pesquero de cabotaje.

—No te preocupes por eso. Tu madre te tiene preparada la ropa, incluso te dará un gorro de lana que hizo para tu hermano Gaspar, pero que se dejó olvidado cuando partió para las Américas.

—Gracias, padre.

—Veo que estás más contento.

—Sí, me gusta el capitán, parece una buena persona.

—Eso me alegra, que te animes. Pues a comer, marinero.

Juan Romero estaba contento porque su hijo había conseguido una plaza en el pesquero. Sin embargo, tenía una presión en el pecho porque sabía que enviaba a su hijo a la boca del lobo, pero no había otra salida. La familia necesitaba ese dinero y había que correr el riesgo.

Su mujer reavivó esa misma noche el desasosiego que sentía al preguntarle:

—Juan, ¿estás seguro de enviar a Simón a Berbería? ¿Sabes lo que dicen por ahí?

—También tengo oídos, María, y sé lo que se cuenta por las esquinas de esta ciudad. Conozco a alguno que tiene preso a un hijo en Argel, pero no queda otro remedio. Tú sabes cómo estamos. Necesitamos ese dinero como agua de mayo.

La situación en Gran Canaria era insostenible. La mayor parte de la población vivía en la pobreza más absoluta y la pesca era una de las fuentes de ingresos de las que podían disponer las familias canarias.

—¿Y por qué no envías a Salvador?

—Salvador está aprendiendo una profesión y, cuando termine, nos podrá ayudar un poco.

—Sí, pero mientras lo hace, no entra ni una mísera moneda en esta casa. Él es quien debería subirse en ese barco y Simón, aprender el oficio de carpintero.

—¿Y qué crees que he hecho? Lo hablé con Salvador, pero me dijo que no, que él estaba muy bien como estaba y que casi tenía aprendida la profesión de carpintero de ribera. ¿Qué otra cosa puedo hacer, María?

Su mujer se mantuvo en silencio y luego dijo:

—No sabía que habías hablado con Salvador. Nunca me cuentas nada. Aun así, no me gusta que Simón se embarque. Es nuestro pequeño, Juan, nuestro hijo pequeño, y lo vamos a enviar casi al fin del mundo.

—Ya lo sé, mujer, pero nuestro hijo es un chico listo, fuerte y muy valiente. Sabes que se defiende bien. No te preocupes, saldrá de esta.

—Sí, pero si lo capturan esos moros, ¿qué vamos a hacer, Juan?

Juan Romero sabía que, si lo capturaban, nunca podrían pagar el rescate y que lo perderían para siempre. Aun así, dijo:

—No pienses en eso, María, vamos a dormir que mañana será un día muy duro. Duérmete, por favor.

Juan Romero casi no durmió esa noche porque la desazón se lo comía por dentro. Él era el primero que no quería que su hijo menor se subiera al pesquero, incluso se cambiaría por él, pero ya tenía un trabajo estable y era el único sueldo que entraba en su casa.

La decisión estaba tomada. Su hijo Simón partiría el día siguiente hacia las costas de África.

La partida

Simón se levantó temprano y se acercó a la playa de Triana, que estaba a escasos metros de su casa. Desde ese punto veía con claridad el barco *Las Ánimas*, que sería su hogar temporal entre uno y dos meses. Se sentó en la orilla y contempló cómo amanecía y el sol se abría paso en el horizonte proclamando ser el único dueño del nuevo día.

Se miró las manos, le sudaban un poco. Sentía una presión en la boca del estómago, una sensación que jamás había experimentado. Sí, estaba muy nervioso porque nunca había estado fuera de Gran Canaria y esa sería la primera vez que saldría de la isla que lo vio nacer.

Dentro de sí albergaba sentimientos encontrados. Por una parte, tenía muchas ganas de emprender aquella nueva aventura, pero por otra, no quería dejar su isla, dejar atrás el mundo que conocía, a su familia y a sus amigos. Esta parte era la que menos le gustaba.

Se levantó, cogió una piedra plana y la lanzó contra el mar como le había enseñado su hermano Gaspar. El callao dio cinco saltos por encima del agua hasta que al final se hundió.

Giró la cabeza al oír cómo alguien se acercaba. Allí estaba su padre, que le sonreía, y le preguntó:

—¿Cómo has dormido?

—Bien, aunque antes del amanecer ya estaba despierto.

—¿Qué te preocupa, Simón?

—Nada, padre, solo estoy nervioso. Para mí esta situación es nueva. Sabes que nunca he salido de esta isla, ni siquiera de esta ciudad. Mi vida está aquí, no conozco otra cosa que hasta donde alcanza mi vista. Es solo eso, dejar la vida que conozco por unos meses es algo que no me gusta mucho.

—Ya lo sé, hijo. Tú sabes que no tenemos otra salida que enviarte a la costa. Necesitamos ese dinero para poder sacar la cabeza del pozo en el que estamos metidos. Lo comprendes, ¿verdad?

—Claro, padre. Antes no tenía ni idea de las penurias que estábamos pasando, pero ahora sí lo sé. No le dé más vueltas. Hoy me subiré a ese barco y dentro de unos meses volveré.

Juan Romero lo observó y pensó que su mujer tenía razón, Simón era solo un niño al que iban a enviar a tierras lejanas con un futuro incierto.

—Así me gusta, que seas valiente. Ven, dame un abrazo.

Simón se abrazó con fuerza a su progenitor y permanecieron así durante unos instantes. Luego, su padre le dijo:

—Cuando te despidas de tu madre, no se te ocurra soltar una lágrima. Ella está muy sensible con el asunto de tu partida. Así que ya sabes, sé fuerte.

—Lo seré, padre. No se preocupe por eso.

—Venga, vamos a desayunar, tu madre te ha preparado un desayuno increíble. Si hasta parece que va a venir el rey.

—¿Sí?

—Claro, vamos, vamos, que se nos enfría el pan.

Atravesaron la playa en dirección a su casa acompañados por los sonidos de las olas que rompían en la orilla y de sus pisadas en las piedras de la playa de Triana.

***

Simón Romero llegó al navío a la hora prevista. Se acercó hasta la pasarela que comunicaba con el barco y se detuvo. Lo observó con detenimiento y pensó que ese cascarón iba a ser su casa durante los próximos meses. Estaba nervioso, la pierna derecha no le paraba de temblar y seguía con aquella extraña sensación en la boca del estómago, un peso que casi le impedía respirar. Se sentía raro. Era la primera vez que dejaba su hogar y tenía delante de sus ojos un mar de incertidumbres. Era la primera vez que pensaba en el futuro, en su futuro. Desde el momento en que pisara la cubierta de *Las*

Ánimas, se le abriría un nuevo mundo que desconocía por completo y dejaría tras de sí lo que había sido su vida hasta entonces.

Atravesó la pasarela y, de un salto, se plantó en la cubierta. Los marineros que estaban a bordo lo miraron de reojo y siguieron con su trabajo. Uno limpiaba los cacharros y otro, parte de la proa.

Benjamín, el contramaestre, salió a su encuentro y le dijo:

—Bienvenido a bordo, grumete.

—Me llamo Simón Romero.

—Yo me llamo Benjamín y soy el contramaestre, el segundo de a bordo. Te enseñaré dónde dormirás y las normas que tienes que cumplir.

—De acuerdo, señor contramaestre.

—Sígueme.

El grumete lo siguió hasta el interior de la nave. Al entrar, captó un olor muy fuerte que estaba por todas partes y que hizo que se llevara las manos a la nariz.

—Es el olor a pescado, proviene de las bodegas. Te acostumbrarás. Por mucho que limpiemos, la pestilencia no se va. Cuando limpiamos el pescado, la sangre se filtra por las rendijas de las maderas y se mete por todos lados. Por eso, una de las normas que ha impuesto el capitán es lavarse todas las noches antes de meterse en el catre. Después te entregaré un trozo de jabón para tu aseo personal.

Llegaron a la zona donde estaba el dormitorio, que era un cubículo en el que había más de una veintena de hamacas colocadas en paralelo.

—Elige una que esté vacía. Pon en ella tu ropa y sube porque tienes tareas que hacer.

—Gracias.

El contramaestre se fue y Simón se quedó solo en el habitáculo. El olor a pescado también se había colado allí. Era cuestión de adaptarse, pensó. Buscó una hamaca que estuviera libre y encontró una en un rincón. La sacudió, colocó su ropa encima y subió a cubierta.

Allí encontró al contramaestre junto al resto de los marineros. Cuando Simón se unió al corrillo, Benjamín le dijo:

—Bueno, grumete, coge ese cubo y comienza a limpiar de popa a proa.

—¿Qué es la proa y la popa?

El contramaestre sonrió y le dijo:

—Esta es la primera lección que vas a aprender, grumete.

—Me llamo Simón Romero Arráez, señor.

—Hasta que pasen unos meses, para mí serás el señor grumete, ¿entendido?

—Sí, señor, ¿y qué significa grumete?

—Eres un preguntón... Eso me gusta. Grumete significa aprendiz de marinero. La popa es aquella parte —dijo señalando a la parte de atrás del barco—. Ves que es un poco más ancha que aquella, que se llama proa. Para que lo entiendas, si tú fueras un barco, tu espalda sería la popa y tu pecho, la proa. En resumen, la proa es la parte de delante del barco y la popa, la de atrás.

Simón se colocó dirigiendo su cara hacia la proa y su espalda hacia popa y memorizó los dos términos náuticos.

—También tenemos babor y estribor, que son muy importantes cuando estamos navegando. Si te colocas mirando hacia la proa, estribor es la parte derecha del barco y babor la que queda a mano izquierda. ¿Te queda claro, grumete?

Simón no dijo nada. Se plantó en la cubierta con la cara mirando hacia la parte delantera del barco, levantó la mano derecha y dijo:

—Estribor.

Luego levantó la izquierda y dijo:

—Babor.

—Aprendes rápido, grumete. Pues empieza a limpiar de popa a proa y no te olvides de las rendijas de babor y estribor. A la mierda le encanta esconderse en ellas, por lo que tienes que trabajar a conciencia.

El aprendiz de marinero cogió el balde y el cepillo y comenzó a limpiar la cubierta en la dirección que le había dicho el contramaestre al tiempo que memorizaba los términos que había aprendido repitiéndolos para sí en voz baja.

Por la tarde le encomendaron nuevas tareas de limpieza y acabó rendido, tanto que no le apetecía cenar. Después de que se lo autorizara el contramaestre, bajó al cubículo donde estaban las hamacas, buscó la suya y se acostó. Repasó los términos que había aprendido. Se durmió pensando en ellos con la ayuda del leve balanceo de la embarcación, que se movía de popa a proa y de estribor a babor.

Un fuerte grito lo despertó.

—¡Grumete, es hora de levantarse! Creo que has dormido suficiente y es hora de desayunar —le dijo el contramaestre.

Simón se levantó, había descansado bien. Lo único que recordaba de la noche anterior eran las ampollas que tenía en ambas manos, pero él sabía que pronto se endurecerían, que solo era cuestión de tiempo y de duro trabajo.

Un ligero olor a comida caliente le indicó el camino que tenía que seguir. En ese momento sí que tenía hambre. No haber probado bocado durante la noche hizo que sus tripas cantaran sin cesar. Atravesó el estrecho pasillo hasta que llegó a una sala donde estaban los marineros dando buena cuenta del desayuno.

El contramaestre le dijo:

—Aquí tienes un sitio donde sentarte. Aprovecha que hoy hay leche caliente. Será la última que bebas en muchos meses. También come pan, todavía queda un poco, y algo de queso. Este es el único alimento fresco que verás en algún tiempo. La comida fresca será un lujo cuando estemos una semana en alta mar. Aprovecha esta oportunidad. Cuando termines, sube a cubierta sin demora. Te estamos esperando.

—Gracias, señor.

El joven grumete se sentó, se sirvió algo de leche en un tazón de madera, cogió un trozo de queso, un buen trozo de pan y empezó a comer.

Recordó el desayuno que le había preparado su madre la mañana anterior. Eso sí era un señor desayuno. Iba a echar de menos la comida de su madre; sí que la iba a echar de menos.

Los marineros que estaban con él fueron terminando. Él se quedó solo y, cuando acabó, subió a cubierta.

El capitán Juan Sánchez estaba en el centro de la embarcación rodeado de los marineros que componían su tripulación. Repasó con la mirada uno a uno a cada uno de sus hombres, esos que lo iban a acompañar a buscar el sustento para algunos meses.

La mayor parte eran muchachos que no sobrepasaban los veinte años y cinco de ellos no tenían ninguna experiencia en el mar. Tendrían que aprender a marchas forzadas y adaptarse a las condiciones durísimas que conllevaba trabajar en un barco pesquero.

El capitán sabía que cada vez tenía más dificultades para encontrar hombres experimentados que quisieran enrolarse para ir a África. El temor a los piratas era un virus contagioso que se propagaba entre los marineros de Las Palmas. Sin embargo, no faltaban muchachos dispuestos a arriesgarse porque era la única forma de llevar algo de dinero a sus casas.

Las Islas Canarias se habían convertido, después de su conquista por la Corona de Castilla en el siglo XV y del posterior descubrimiento de América, en un punto estratégico para el desarrollo de España como potencia mundial. Las Canarias, sobre todo Gran Canaria y Tenerife, eran un lugar de paso obligado para los buques que iban o venían del Nuevo Mundo. Este hecho no pasaba desapercibido para los piratas y corsarios franceses, holandeses, ingleses y berberiscos que acechaban y atacaban los barcos que seguían esta ruta.

El capitán dio un paso adelante y les arengó:

—Antes de que el sol salga por el horizonte, nosotros estaremos rumbo a Berbería. Sé que muchos de ustedes están atemorizados por la posibilidad de que nos ataquen y, como consecuencia de ello, seamos vendidos como esclavos a los moros de Argel. Ese es un riesgo que tenemos que correr. Un riesgo que será pagado a un buen precio, se lo aseguro. Al terminar la temporada de pesca, les pagaré, pero tengan muy en cuenta que su salario dependerá de los peces que seamos capaces de pescar. Así que tienen que trabajar muy duro si quieren llevarse algún real para sus casas. No lo olviden, trabajar, trabajar y, luego, trabajar. El desayuno, el almuerzo y la cena estarán condicionados por la pesca, aunque normalmente desayunaremos al amanecer, almorzaremos a mediodía y cenaremos al caer la noche. Recuerden, hay que alimentarse bien, la comida nunca les faltará. Por experiencia sé que un marinero mal alimentado no rinde y yo quiero que ustedes rindan al máximo de sus posibilidades. Saben que serán recompensados. Nunca olviden que aquí estamos para pescar y es un trabajo muy duro. El que quiera puede irse, pero desde que soltemos amarras no habrá vuelta atrás. Que cada uno se sitúe en su puesto, partimos sin demora.

Comenzó a dar las órdenes oportunas para levar anclas, quitar los cabos de proa y popa y soltar las velas del bergantín para poner rumbo hacia las costas de Cabo Bojador.

Simón no sabía dónde colocarse hasta que oyó el grito del contramaestre:

—¡Grumete! Vete a la popa y agarra con fuerza el cabo de estribor.

Simón recordó lo que había aprendido. Entonces fue hacia la popa y comenzó a recoger el cabo que mantenía al barco amarrado al abrigo de la sólida piedra del muelle de Las Palmas que un operario había soltado. Al terminar de recogerlo, vio a sus padres, que habían ido a despedirlo.

—¡Te esperamos, hijo! ¡Vuelve pronto! —le gritó su padre.

—Sí, padre, volveré, te lo prometo.

Su madre se quedó en silencio enjugándose las lágrimas, intentando controlar la ansiedad que le recorría el cuerpo y que hacía que su pecho subiera y bajara como una barca en una tempestad.

Simón se quedó en el mismo sitio viendo cómo, por primera vez, dejaba atrás lo que había sido su vida sin saber si cumpliría la promesa que le había hecho a su padre.

Se dirigió hacia la proa. Sintió cómo la brisa marina le acariciaba la cara y comprobó que el alisio soplaba vigoroso, inflando las dos velas latinas del bergantín, impulsándolo hacia horizontes lejanos y desconocidos.

El aprendizaje

Ya en alta mar tres muchachos estaban por la banda de estribor echando la bilis debido al continuo vaivén de proa a popa, de estribor a babor, y viceversa. Cuando estuvieron casi restablecidos, el capitán los llamó y les dijo:

—Veo que están sufriendo un poquito, pero eso es normal. Todos hemos pasado por eso, en unos días estarán bien. Es cuestión de tiempo y adaptación. Si después de tres días alguno sigue vomitando, no se preocupen, lo tiraremos por la borda para que sea pasto de los tiburones. Luego les daré un mejunje que irá muy bien para el mareo —les dijo con una sonrisa socarrona.

Los tres muchachos palidecieron, imaginándose lo que les había dicho el maese.

—Pero los tiburones pueden esperar unos días. Necesito un voluntario para que suba al palo mayor a soltar la vela, que no está portando todo lo bien que debiera. ¿Alguno se atreve? —preguntó dirigiéndose a ellos.

Simón dio un paso adelante y preguntó:

—¿Qué es lo que hay que hacer, señor?

—Pues subirte a este palo —le dijo dando unas palmadas al palo de la mayor—. ¿Ves aquella arruga que tiene? Tienes que llegar allí, tirar de la vela y quitarla.

—Entendido —respondió Simón con determinación.

Sin pensarlo, subió como un mono hasta llegar donde estaba el punto que le había indicado su capitán. Se revolvió con habilidad para no caerse y resolvió la cuestión con agilidad. Al bajar, el maese le dijo:

—Como si lo hubieras hecho toda la vida. Creo que estamos ante un futuro buen marinero.

No se equivocaba.

A los seis días de estar navegando con el viento a favor y con muy buena mar, llegaron con el amanecer a Cabo Bojador. Soltaron el ancla y fondearon a media milla de tres pesqueros que estaban en plena faena. El capitán los volvió a llamar a cubierta y les dijo:

—Hay buena pesca, así que no perdamos tiempo. Lo primero que vamos a hacer es coger suficiente cebo; después, cojan las cañas, las liñas y comiencen a pescar.

En el transcurso de una hora y media tenían suficiente carnada para empezar. Simón y los muchachos estaban expectantes viendo qué hacían sus compañeros hasta que el contramaestre les gritó:

—¿Qué hacen ahí quietos? Cojan una caña y comiencen a pescar. A capar se aprende cortando huevos.

Simón fue el primero que se puso manos a la obra. Tomó una caña, observó al compañero que tenía a su lado y fue imitando sus movimientos. Cogió un alevín vivo de apenas seis centímetros de uno de los barriles de madera, lo enganchó en el anzuelo y lo lanzó al mar. Al poco, gritó con entusiasmo:

—¡Ya tengo uno, tengo uno!

—Tira bien de la caña para que no se escape. Mantenla firme y dale un tirón fuerte y seco hacia la cubierta —le dijo el marinero que estaba a su lado.

Siguió las instrucciones del experimentado pescador: mantuvo firme la caña, dio un tirón y vio subir un espléndido pargo hacia la cubierta. De un movimiento rápido quitó el anzuelo de la boca del pescado, cogió carnada, la colocó en el anzuelo y lo lanzó al mar. Lanzada tras lanzada, se fue haciendo hábil con la caña y sus movimientos eran cada vez más rápidos y precisos.

Unas horas antes de que anocheciera, el capitán les dijo:

—Por hoy está bien. No cabe ni un pescado más en cubierta. La jornada ha sido fructífera. Hay que ponerse con la salazón sin perder tiempo.

Los pescadores se colocaron en la cubierta. Con unos machetes muy afilados, cortaban la cabeza a los pescados, los abrían en canal y les quitaban la espina dorsal. Luego, los salaban y los metían en unas cajas de madera unos sobre otros. Así estuvieron hasta que llegó la noche.

El joven pescador terminó agotado esa primera jornada. Le dolían las manos, los hombros y la cintura. Sentía como si los riñones le fueran a reventar de dolor. Se sentó a la mesa a comer. Devoró el plato de lentejas y las cinco galletas de harina horneada que le habían puesto y que acompañó con un poco de agua fresca.

Arrastrando los pies, se dirigió hacia su catre y se tumbó. Cerró los ojos, pero no podía dormir. El cansancio y los dolores se lo impedían. Vio que alguien se acercaba con un candil y se detenía en cada camastro. Oía el murmullo, pero no podía distinguir quién era ni qué decía hasta que llegó a su hamaca. Era el maese.

—Hoy has hecho un buen trabajo, grumete. Has trabajado duro y sin parar. Serás un gran pescador y un gran marinero. Toma, bebe este brebaje. Te calmará los dolores y te ayudará a dormir —le dijo el capitán.

—¿Qué es?

—Es una mezcla de extracto de amapola, melisa, manzanilla, jengibre, hierba luisa y un poquito de ron con miel de abeja.

Simón bebió un trago y le gustó, así que tomó otro, y después otro. Necesitaba que algo le calmara el dolor.

—¡Tranquilo, marinero! Con tres tragos te hará efecto —le dijo el capitán quitándole la botella.

El muchacho sintió el efecto del ron en la garganta, cómo bajaba por el esófago y le calentaba el estómago.

—A ver esas manos, seguro que las tienes llenas de ampollas.

El capitán le cogió las manos y acercó el candil de aceite. Comprobó que tenía algunas ampollas en los dedos.

—Pensaba que las ibas a tener en peor estado.

—El contramaestre me dio dos trozos de tela para que me los enrollase en las manos y eso hice. Me resultaría más cómodo pescar así.

—Poco a poco se te irá formando el callo y no te hará falta ninguna tela, pero hasta que ese momento llegue, frótate con esta planta las manos, la cara y el cuello. Es aloe, te calmará el dolor y te curará las ampollas y las quemaduras del sol. En la popa hay cinco plantas de aloe. Úsalo para cualquier herida que te hagas. Póntelo todos los días. Es milagroso. Dile al cocinero que te explique cómo cortarlo.

Simón cogió el trozo de aloe. Sintió que estaba fresco como el agua y algo pegajoso. Se frotó las manos, luego los antebrazos y terminó con el cuello. Sintió frescor y alivio en las partes en las que se había puesto la planta milagrosa.

La bebida le hizo efecto y se quedó dormido como un tronco.

Antes del amanecer volvieron manos a la obra y comenzaron a pescar. Así estuvieron muchos días, descansando solo para comer y para salar lo capturado. Según le había dicho el capitán, la misión era capturar treinta mil peces y, una vez conseguido, regresarían a casa.

Después de veintiséis días de pesca ininterrumpida ya tenían el objetivo casi cubierto. Juan Sánchez los llamó cuando había pasado el mediodía y les comunicó:

—Hemos hecho un excelente trabajo. Tenemos suficiente para regresar y hacer un buen negocio, así que, después de comer, levamos anclas y nos vamos para casa.

Los marineros, sin excepción, dieron saltos de alegría por la noticia recibida. Estaban deseosos de volver a sus hogares.

Al llegar el mediodía, levaron anclas y pusieron rumbo a Gran Canaria. A los tres días de navegar en bolina y de luchar toda una noche contra una fuerte marejada, llegaron las calmas. Estuvieron un día entero sin que soplara nada de viento. Al caer la noche, una ligera brisa comenzó a levantarse por el noroeste y a medianoche se convirtió ya en un viento intenso y firme que infló las velas para continuar el rumbo hacia las costas canarias.

En el amanecer del sexto día se oyó un grito desgarrador que resonó en el barco:

—¡Piratas! ¡Piratas! ¡A babor! —bramó el contramaestre.

—A sus puestos, cacen más la mayor —gritó el capitán al mismo tiempo que cambiaba de rumbo.

El barco corsario se aproximaba muy rápido debido a su mayor velocidad y mejor maniobrabilidad. El capitán intentó escapar del ataque, pero poco podían hacer frente al poderío y la rapidez de la embarcación berberisca. Además, los miles de kilos que había en la bodega del pesquero lastraban sus maniobras de escape.

El pesquero navegó durante algunas millas haciendo zigzag, pero a cada virada del bergantín, los corsarios contestaban con una virada mucho más rápida y se iban acercando sin remedio. En una de estas maniobras de escape, el bergantín fue abordado por la banda de estribor. Antes de que se percataran de ello, treinta y cinco corsarios estaban sobre la cubierta del pesquero con sus armas preparadas para el combate.

El capitán, ante la posibilidad de que algún aguerrido marinero utilizara el machete de la salazón para repeler el ataque, les gritó:

—¡Quietos! No hay nada que hacer. Nos superan en número. Estos no dudarán en cortarnos el gaznate.

Después de unos minutos de alboroto, de algunos golpes y empujones, embarcó el capitán de los corsarios. Caminó por la cubierta con cierta parsimonia hasta llegar a la popa del barco y, agarrando el timón, preguntó en perfecto castellano, aunque arrastrando las erres:

—¿Quién es el capitán?

Juan Sánchez dio un paso al frente y le dijo con el rostro muy serio:

—Yo soy.

El maese sabía que su vida como pescador se había acabado y también la de sus tripulantes. Los peores presagios se habían cumplido. Sabía que su destino no sería otro que ser vendidos como esclavos en alguna plaza de la costa africana.

—Eres un hombre prudente e inteligente porque has evitado el derramamiento de sangre. Es un detalle que dice mucho de ti. También eres un buen marinero. Me ha llevado mucho tiempo alcanzar tu nave. Hacía mucho tiempo que un pesquero no presentaba tanta resistencia para ser capturado. Solo era cuestión de tiempo. Pero vamos a lo importante. ¿Qué llevas en tu bodega?

—Veintiocho mil piezas de pescado salado —le contestó el capitán al tiempo que pensaba que todo el trabajo se iba a tirar por la borda sin remedio.

—Te ha ido bien esta faena por lo que veo.

—El trabajo duro tiene su recompensa, un trabajo en balde por lo que veo.

—Razón no te falta. ¿No sabes quién soy? —le preguntó el berberisco.

—No, no tengo ese gusto. Es la primera vez que me encuentro con un corsario, a pesar de que llevo muchos años navegando y pescando por estos mares.

—Me conocen por El Kaid, señor y corsario, aunque lo de señor mucha gente lo pone en entredicho. Como podrás imaginar, nos quedamos con tu barco y con la mercancía, y ustedes serán vendidos como esclavos en Argel.

Al oír esto hubo un pequeño revuelo entre los marineros.

Simón pensó que al final se habían cumplido sus peores pesadillas, aquellas en que se veía encadenado y vendido como un mísero esclavo. Sin embargo, de un salto inesperado le arrebató el sable al berberisco que tenía a su lado, se lo puso en el cuello y le gritó a El Kaid:

—¡No te va a resultar tan fácil apresarme, moro del diablo!

—Nos ha salido un valiente marinero. Córtale el cuello si quieres —le dijo con frialdad El Kaid—, tú serás el siguiente que sirva de alimento a los tiburones. La valentía en el mar es muy importante, pero la osadía y la temeridad te pueden llevar a la muerte, joven.

—¡Simón, déjate de locuras y entrega el dichoso sable! —le gritó el capitán.

—Tienes un capitán bastante juicioso por lo que veo. Vida solo tienes una, esa es la principal regla que un marinero tiene que aprender y hoy es un buen día para hacerlo —dijo el corsario sonriendo y sin darle ninguna importancia a la situación.

El joven estuvo reflexionando sobre la cuestión. Sabía que si acababa con la vida del bandido también acabarían con la suya sin dudarlo. Aunque depusiera el arma, esa acción le costaría la vida. La tensión se palpaba en la cubierta del pesquero y Juan Sánchez volvió a intervenir:

—Simón, hazme caso. No vale la pena. Eres un chico joven y fuerte, y saldrás adelante incluso siendo esclavo. Tu vida es lo más importante.

—Tu jefe es un tipo juicioso. No me cabe la menor duda.

—Simón, por favor... —le rogó de nuevo el capitán.

Simón soltó al corsario y lo apartó de su lado. Mantuvo el sable en su mano hasta que, al fin, lo tiró al suelo y lo alejó de él con un ligero golpe de su pierna izquierda. El corsario cogió el sable, agarró al joven, lo levantó con la intención de agredirlo, pero El Kaid le gritó:

—Aparta ese sable y tu bastarda intención, ¿o es que has olvidado que él tiene un precio? Si quieres acabar con su vida, hazlo, pero tendrá un coste. Nadie da nada por nada. Si quieres, quítale la vida, pero tendrás que pagarme su valor en oro y sabes que los jóvenes son muy valorados en los mercados de esclavos. No olvides que, si no puedes pagarme, lo harás con tu vida, que es lo único valioso que tienes.

El corsario apartó el fino acero de su espada del cuello del joven marinero, la guardó en el fajín que amarraba sus bombachos y lo apartó de un fuerte empujón que hizo que Simón rodara por la cubierta.

—Ahora que ha pasado la tormenta y vuelve la calma —dijo con sorna—, pongamos rumbo hacia Argel, tenemos un buen negocio entre manos. Llévenlos a la bodega de nuestro barco y encadénenlos. Al joven rebelde, déjenlo en cubierta. Hussein, elige algunos hombres para que te ayuden a llevar el pesquero a buen puerto y no te olvides de hacer una relación de los marineros que hemos capturado.

Pusieron rumbo hacia el puerto de Argel. En cubierta, Simón esperaba a que llegara El Kaid. El semblante del muchacho era serio y el temor se reflejaba en su cara. Desconocía la razón por la que no acompañaba a los marineros que habían sido sus compañeros.

El corsario se acercó con paso firme y, cuando estuvo delante de Simón, le dijo:

—Estoy pensando si venderte como esclavo, seguro que me darían tu peso en oro porque eres un muchacho fuerte y sano; o dejarte a mi servicio, porque tienes cualidades para ser un buen corsario. Eres decidido, valiente y osado, tres cualidades muy importantes para ser un corsario.

Los niños y adolescentes eran muy valorados por los corsarios porque se les convencía de manera muy fácil y no dudaban, con el paso del tiempo, en islamizarse y convertirse en los más fieles marineros.

Simón no dijo nada. Estaba pensando si tirarse por la borda y terminar con todo o dejar que lo guiase el destino. La cabeza le bullía de rabia e impotencia. Maldijo su mala suerte, que se traducía en que había sido capturado por los moros en su primer viaje. Miró hacia el horizonte, hacia donde él pensaba que estaba su tierra, una tierra que no sabía si volvería a pisar. Su aventura de pescador se había acabado de repente, como si un rayo la hubiera destrozado. Sin embargo, Simón era un muchacho pragmático y supo que no tenía otra salida que adaptarse y transigir.

—¿Tú qué quieres? Porque veo que tienes cierta determinación. Pocos hombres tienen el valor de enfrentarse a mí y seguir vivos. Los que se han atrevido están en las profundidades del mar. En cierto modo, tengo que reconocer que me resultas simpático.

—Me da igual lo que haga con mi vida. Si quiere venderme, hágalo; si quiere tirarme a los tiburones, también lo puede hacer. Aceptaré mi destino como buen cristiano.

—Uy, como buen cristiano. Bueno, vamos a hacer una cosa. Te quedarás conmigo durante un tiempo. Si en ese tiempo resultas ser lo que yo creo que eres, te quedarás a mi servicio y si no, te venderé al mejor postor. ¿Qué me dices?

—Ya le he dicho que aceptaré mi destino.

Así resolvió El Kaid la cuestión. Tenía buen ojo para captar las condiciones de las personas y la mayoría de sus piratas eran esclavos que, con el paso del tiempo, se habían convertido en sus tripulantes y corsarios.

El barco corsario llegó a Argel. Simón se quedó asombrado al entrar en aquel gran puerto que nada tenía que ver con el muelle de Las Palmas. Este estaba repleto de barcos que entraban y salían por su bocana. Jamás había visto nada igual. La imagen era impresionante.

La nave del corsario entró hasta lo más profundo del puerto y atracó en el muelle que daba a la entrada de la ciudad.

Simón vio cómo los que habían sido sus compañeros salían encadenados y eran metidos en un carromato. Simón miró a El Kaid, bajó del barco y se dirigió despacio hacia la carreta. Buscó al capitán. Lo encontró sentado en la parte de atrás con la mirada perdida.

—¡Capitán! ¡Capitán! —lo llamó Simón.

El capitán giró la cabeza hacia el muchacho como si se hubiera despertado de un sueño. Lo miró, sonrió y le dijo:

—Simón, recuerda que lo más importante es preservar la vida. En cierta forma, has tenido mucha suerte porque podías estar aquí con nosotros. Ese corsario parece un hombre sensato. No desaproveches la oportunidad. Eres un chico fuerte, inteligente y muy valiente.

—Gracias, capitán. Espero que tenga suerte.

—Yo también lo espero, Simón.

El carro se puso en marcha y Simón vio cómo se perdía por las calles de la ciudad berberisca. Se quedó inmóvil ajeno al ajetreo del puerto, sin oír los gritos de los marineros, ni los llantos y los lamentos de los cautivos, ni el flamear de las velas, ni el canto de las gaviotas. Pensó que él tenía que estar con ellos y que ese tenía que ser su destino. Se le pasó por la cabeza salir corriendo hacia el mar y saltar como las piedras que él lanzaba en la playa de Triana, saltar y saltar hasta que se le agotaran las fuerzas para escapar de aquella situación que no había imaginado ni en sueños. Sin embargo, él no era una piedra, era un cautivo, un esclavo.

Una voz lo sacó de su sopor. Se giró y vio la figura de El Kaid.

—Nunca olvides que tú eres dueño de tu propio destino, muchacho. Cuando la suerte pasa por delante de tu casa, solo tienes que alargar la mano, cogerla y no dejarla escapar. Ser esclavo no es plato de buen gusto. Piensa que has tenido suerte. A un muchacho como tú se lo rifarían en el mercado y seguro que pronto te convertirías en un joven y guapo esclavo que, con mucha suerte, podrías estar a las órdenes de un rico comerciante o, por el contrario, terminar con tus huesos en una galera, remando hasta la extenuación.

—¿Por qué captura barcos y vende esclavos?

—Porque no sé hacer otra cosa, Simón —lo llamó por su nombre por primera vez—. La vida te da oportunidades y tienes dos opciones, cogerlas o dejarlas. Este es un buen negocio. Tiene sus peligros, pero se paga bien. Yo soy un pescador que pesca barcos y esclavos. Te puede gustar o no, pero a esto nos dedicamos.

—Las personas que van en ese carro son mis paisanos. El maese me trató bien y me dio la oportunidad de ganarme la vida. ¿Qué pasará con ellos?

—Mañana a las doce serán vendidos en una plaza que está cerca del Palacio de Jenina, más conocido por los Baños de Argel. Los que tengan suerte irán como esclavos a los palacetes de los señores de esta ciudad, sobre todo los más jóvenes; los que no, irán a las galeras.

—Si tuviera dinero, compraría su libertad.

—Para eso primero tendrás que ser un hombre libre y comprar tu libertad, y segundo, tendrás que reunir mucho dinero. Te lo dije el otro día, te doy la oportunidad de formar parte de mi taifa; si no quieres, te venderé como esclavo.

El muchacho sabía que no le quedaba otra salida que aceptar la oferta del corsario. El futuro como esclavo en Argel no era muy halagüeño. No tenía opción.

—Formaré parte de su tripulación y espero poder comprar mi libertad algún día —le dijo con determinación.

—Creo que no me he equivocado contigo, pero todo tiene un precio, marinero, y desde que salgamos por ese puerto, estarás pagando tu libertad. La mayor parte de mis hombres son libres y la mayoría fueron esclavos.

—¿Por qué no me has vendido como esclavo?

El corsario sonrío y le dijo:

—Por dos razones. La primera, creo que serás un buen marinero y un buen corsario; y la segunda, te pareces mucho a mi hijo Alí. Era un chico muy especial y tú tienes el mismo brillo en los ojos que él tenía. Alí no llegó a cumplir los quince años. Unas pústulas infectas le invadieron el cuerpo y lo consumieron en menos de un mes. Tú me recuerdas mucho a él. Valiente, impetuoso y fuerte.

Simón pensó que los padres nunca deberían enterrar a sus hijos. Era una historia muy triste y sintió pena por el corsario.

—Pero yo no soy su hijo, señor, y nunca lo seré. Soy Simón Romero Arráez.

—Sé que nunca lo serás y no busco un sustituto, pero me gusta ver a un chico joven rondando por mi barco como lo hacía él. Tengo diez hijos, seis mujeres y cuatro hombres. Alí era el único que estaba determinado a seguir mis pasos. Él también quería ser un corsario. Aprendía muy rápido, siempre preguntando lo que no sabía. Era una verdadera esponja de mar. Así que ya sabes la verdadera razón por la que no te he vendido. Depende de ti que te conviertas en un buen marinero y, luego, en un buen corsario para poder comprar tu libertad en unos años.

Simón escuchaba las palabras de El Kaid.

—Dentro de tres días —continuó el corsario— volveremos a zarpar. He hablado para que te busquen un sitio donde dormir dentro del barco. No intentes escapar, Simón. Argel es un lugar muy peligroso para un muchacho de tu edad. Este es el único sitio en el que estarás seguro. Convéncete, este barco será tu casa en los próximos años.

—No se preocupe, no me escaparé. Aquí estaré.

Simón subió al barco acompañado de El Kaid, que le indicó cuál sería su habitáculo: un pequeño rincón con una hamaca ennegrecida por el uso.

—Aquí estarás bien. Mantenlo limpio y dormirás mejor. No olvides asearte todos los días. A mediodía sube a comer. A bordo tenemos un buen cocinero. Cuando estamos atracados en el puerto, las comidas son suculentas y muy apetitosas, elaboradas con productos frescos. No las dejes pasar. Necesitas comer para mantenerte fuerte y escapar de las enfermedades.

—Gracias, señor.

—Descansa lo que puedas. En dos días zarparemos.

Simón observó cómo el corsario abandonaba el habitáculo. Abrió la tela de la hamaca y se tumbó. Miró hacia el techo, que estaba a tres palmos de su cara. Olía a humedad, pero no a pescado, y sonrió por primera vez después de muchos días. Por lo menos no olería más a pescado.

Cerró los ojos e intentó dormir. Respiró profundamente y pensó en sus padres y si algún día se enterarían de que lo habían hecho esclavo. Buscaría la forma de hacérselo saber, de decirles que estaba bien y que no se preocuparan.

Se concentró en su respiración y en el balanceo del barco y se quedó dormido. Soñó que jugaba en su playa de Triana a tirar piedras y hacerlas volar sobre las olas y que, luego, salía a pescar junto a su hermano Gaspar. Capturaban a un tiburón más grande que su chalana y los ayudaba a subirlo a la barca el capitán Juan Sánchez. Los sueños tienen eso, no somos dueños de ellos.

El primer abordaje

A los tres días salieron rumbo a las costas de Berbería. El barco de El Kaid era un jabeque de dos palos con dos inmensas velas latinas que le permitían navegar a la perfección en ceñida y que le daban una superioridad manifiesta en este rumbo. El Kaid lo sabía y forzaba este rumbo para terminar cazando a sus rivales. La embarcación estaba pertrechada para atacar y abordar. Una máquina de guerra en toda regla. El corsario había reforzado la proa con piezas de metal para darle mayor resistencia en los abordajes.

Navegaron durante más de diez días en los que Simón realizó tareas de mantenimiento, como limpiar la cubierta, ayudar en la cocina, limpiar las letrinas de la proa y de la popa, hacer de vigía y colaborar en las maniobras de navegación, sobre todo en las viradas en las que se necesitaban muchas manos.

Simón aprendía rápido los conceptos de navegación y no dejaba de preguntar cómo se llevaba un barco, cómo se viraba y cómo se mantenía el rumbo.

El Kaid lo observaba con atención y tenía la certeza de que pronto se convertiría en un gran marino porque no solo tenía la actitud necesaria, sino que le sobraban cualidades para serlo.

Al noveno día de navegación, cuando estaba casi anocheciendo, el corsario lo llamó y se lo llevó a la popa. Apartó al marino encargado de llevar el rumbo de la nave, cogió el timón y le dijo:

—Estás trabajando muy duro, Simón. Estoy orgulloso de ti. Mis hombres te están empezando a respetar. Se ve a cuatro leguas que tienes muchas ganas de aprender. Eres un chico muy ambicioso.

—Me gusta lo que hago, señor. ¿Qué otra cosa puedo hacer aquí sino trabajar y aprender? No quiero que me coman las moscas.

—Lo sé. Muchos de mis hombres son unos holgazanes y hay que azuzarlos para que hagan sus tareas. A ti no. Tú estás dispuesto a trabajar y eso me gusta mucho.

—Ya le digo, señor, el tiempo vuela cuando estoy atareado. Cuando me doy cuenta, ya ha caído la noche y solo me queda descansar para comenzar con ganas el día siguiente.

—¿Quieres llevar el timón? —le preguntó el corsario con una sonrisa.

Simón levantó la mirada hacia las velas latinas que llevaban en volandas el barco hacia su rumbo. Sintió la fuerza del barco, que casi volaba sobre el mar como una gaviota, como si tuviera vida propia.

—Sí, me gustaría probar —le contestó con media sonrisa.

—No es sencillo, marinero. Tienes que mantener la caña del timón en el centro para no perder el rumbo. Gobernarlo con tus manos, decirle al oído que tú eres el que manda y llevarlo hacia donde tú quieres que vaya.

—No sé si podré, señor —dijo temeroso.

—Sé que podrás. Estaré a tu lado, Simón. Toma.

El Kaid se apartó y dejó la caña sin gobierno durante unos instantes. Simón la cogió. El corazón le comenzó a latir con fuerza y las manos comenzaron a sudarle. Ahí comprendió las palabras del corsario. El barco parecía tener vida propia y la caña del timón le tiraba con fuerza hacia estribor. Simón tiró de ella hacia el centro con fuerza y el barco respondió.

—¿Qué notas? —le preguntó el corsario con sumo interés.

—Me tira mucho para estribor, como si quisiera irse en esa dirección. Parece que está vivo y que quiere irse hacia donde él quiere.

—Pues ahí tienes que estar tú para decirle que tú marcas el destino. Estamos en sus manos, marinero.

Se mantuvo así durante unos minutos hasta que cayó la noche por completo. Los marineros comenzaron a encender los candiles que estaban sobre la cubierta y que les permitían moverse con cierta libertad para no tropezar y caer por la borda.

—No veo nada, señor. ¿Cómo se navega por la noche sin perderse en la inmensidad del océano?

—Mira el cielo. ¿Ves las estrellas?

Simón miró hacia arriba y divisó un sinfín de estrellas que titilaban en la oscuridad. No era la primera vez que se detenía a contemplar el cielo por las noches. Lo había hecho en multitud de ocasiones en su casa de Las Palmas, en las cálidas noches del verano, cuando soplaban los vientos secos del sur. Bajaba a la playa de Triana, se tumbaba encima de los callaos y se perdía en la inmensidad del universo contando el número de estrellas fugaces que atravesaban el cielo.

—Sí, son hermosas. Muchas veces me pregunto qué habrá allá arriba.

—Ellas son las que nos guían en la noche. Su posición en el cielo nos permite saber el rumbo casi exacto que llevamos y así es muy difícil perdernos. Sin embargo, hay que tener experiencia y muchos conocimientos para no extraviarse en la inmensidad del océano. Creo que por hoy es más que suficiente, marinero. Le dejamos el timón a Mohamed, él nos llevará a nuestro destino.

—¿Hacia dónde vamos, señor? —le preguntó Simón al entregarle el timón al marinero.

—Rumbo a las costas británicas. Si hay suerte, podremos capturar un gran barco y descansar durante unos meses. Aunque corremos un gran riesgo. Ellos suelen tener muy buenos barcos y están protegidos con muchos cañones que nos harían añicos en un enfrentamiento directo. Así que hay que ser muy prudentes y saber a quién atacamos. Nunca olvides que una retirada a tiempo también es una victoria. Los corsarios tenemos que aprender a huir cuando es necesario.

—Gracias, señor. Me ha encantado llevar su barco.

—Ya irás cogiendo más experiencia y algún día podrás llevarlo tú solo e incluso tener y llevar tu propio barco. Es hora de que te vayas a dormir, Simón.

Simón Romero atravesó la cubierta, bajó y se fue a su rincón. De un salto se subió a su hamaca y pensó en las palabras que le había dicho El Kaid: «Algún día podrás llevarlo tú solo e incluso tener y llevar tu propio barco». «Mi propio barco», pensó. A partir de ahí se propuso alcanzar ese sueño y se visualizó llevando un jabeque de tres palos al que llamaría *El Canario*. Fue vencido por el cansancio imaginándose en su barco, atravesando los mares y persiguiendo sus sueños.

***

Al amanecer lo despertó el grito de un marinero:

—¡Barco a la vista! ¡Barco a la vista! ¡Barco a la vista!

Simón se levantó lo más rápido que pudo, subió a cubierta y se encontró con el corsario, que hablaba con sus tripulantes.

El Kaid ordenó a los piratas que se reunieran en la cubierta y les dijo en un tono grave:

—Estén atentos a mis órdenes. Solo atacaremos en caso de que el barco esté a nuestro alcance. Mohamed —le indicó al patrón—, pon la proa en dirección a ese barco y llévanos hacia él sin demora. Mantén el rumbo y estate atento a mis palabras.

El Kaid cogió un catalejo y lo dirigió hacia la nave que estaba por la banda de estribor. Observó que tenía tres palos y que llevaba la bandera portuguesa en el mástil central. Luego dirigió los lentes hacia la cubierta buscando algún rastro de cañones. Contó seis, dos en la proa, dos en la banda de estribor y dos a babor. El corsario sabía qué significaba eso. Era un mercante que regresaba de las Américas. Habían encontrado un diamante perdido en el océano.

—Hemos tenido suerte. Creo que es un galeón mercante con bandera portuguesa que es posible que venga de América. Estén preparados para iniciar el abordaje. Saben cuáles son las reglas: los menos muertos posibles y los menos daños al barco. Mohamed, enfila la proa hacia él.

Simón se quedó paralizado sin saber qué hacer. Se vio en el centro de la cubierta solo mientras que el resto de la tripulación

44

estaba en sus puestos con la seguridad de qué hacer cuando llegase el momento oportuno. Oyó que El Kaid lo llamaba:

—¡Simón, ven aquí!

Simón corrió a su lado.

—Dígame, señor. No sé lo que hacer. Estoy perdido —le dijo atropellando sus palabras.

—No te preocupes, hijo. Vamos a probar de qué material estás hecho, marinero. Toma esta daga —le dijo entregándole una daga de doble filo tan brillante que el rostro del joven se reflejaba como si fuera un espejo, rematada con un mango de marfil blanco.

—Haré lo que usted me ordené, señor —le contestó con una mezcla de nerviosismo y entusiasmo.

—Cuando vayamos a abordar al mercante portugués, quiero que saltes y subas al palo mayor, a lo más alto, y rajes de arriba abajo las dos velas. Clava la daga en la parte central de la vela, la que está cerca del palo mayor, tu peso hará el resto. Mete la hoja hasta el mango y mantén presionada la daga contra la vela para que no caigas al vacío. ¿Lo has entendido?

—¿El palo mayor es el que está en el centro del barco?

—Exacto, Simón. Esa será tu misión. Ten mucho cuidado y ve directo al palo. No te detengas por nada ni por nadie. Corre como si fueran a cortarte la cabeza. Sube al palo lo más rápido que puedas. Seguro que lo harás bien. Y no olvides de meter la hoja hasta el fondo.

—Intentaré hacerlo lo mejor posible, señor —dijo Simón con determinación.

El mercante viró en redondo cuando se percató de la presencia de la nave corsaria y, al mismo tiempo, disparó el primer cañonazo.

El Kaid ordenó al patrón que virara. Los marineros realizaron la maniobra al unísono, como si fueran un solo hombre, y el jabeque respondió rápidamente.

El mercante seguía disparando sus cañones sin llegar a tocar al barco corsario. Alcanzar un objetivo en movimiento era casi imposible y menos una embarcación tan veloz como el jabeque de El Kaid.

El experimentado corsario, cuando supo que ya tenía a tiro al mercante, le dijo al patrón que se colocara a su popa para evitar los cañonazos de su contrario.

Cuando lo tuvo a pocos metros, El Kaid ordenó al patrón que se colocara a barlovento y, cuando estuvo en esa posición favorable, gritó:

—¡Preparados para el abordaje!

El barco corsario se colocó a pocos metros de la banda de babor del barco portugués y los dos barcos chocaron. Un sonido ensordecedor sonó fruto del roce de los dos cascos y se inició el abordaje.

El corsario cogió al canario por los hombros, lo miró a los ojos y le dijo:

—Simón, es tu turno. Suerte, hijo, y ten mucho cuidado.

—Gracias, señor —le dijo Simón saltando al barco abordado.

Corrió por la cubierta con la daga en el fajín, esquivando a sus compañeros y a sus enemigos. Al llegar al centro del barco, de un salto se encaramó a uno de los cabos de los obenques del galeón y se impulsó. Se agarró de los cabos de dos obenques y subió como un gato hasta lo más alto del mástil. Se puso en el centro, sacó la daga de la cintura, la clavó en la vela hasta el puño y se dejó caer. La vela se cortó como si fuera un papel. A llegar a la segunda vela, Simón se agarró del primer cabo que encontró y volvió a enterrar la daga en la tela de la vela y se dejó caer hasta que se rompió en dos.

Después, se metió el cuchillo en el fajín, saltó a la cubierta y corrió hasta el palo de proa. Trepó por los cabos de los obenques, realizó la misma maniobra y rajó las dos velas.

El barco mercante perdió velocidad como un animal herido y cansado hasta que al final se detuvo. Simón corrió por la cubierta y volvió al lugar donde estaba El Kaid, que sonrió al verlo y le dijo:

—Buen trabajo, muchacho. Rápido, eficaz y, además, con iniciativa. Vi que tomaste la decisión de rajar las velas de la proa. Esa era misión de otro marinero, pero debió caer en la batalla. Tú has completado la tarea de manera sobresaliente.

Al cabo de varios minutos, solo se oía el flamear de las velas cuadras del galeón y las latinas del jabeque.

El Kaid saltó a la nao portuguesa y preguntó por el capitán.

Dos de sus tripulantes tenían al capitán y lo llevaron junto al corsario, que dio un paso adelante y dijo:

—Soy El Kaid. Tu barco y su contenido pasa a manos de Argel. ¿Qué es lo que llevas en tus bodegas?

El capitán guardó silencio hasta que uno de los corsarios le puso su sable en el cuello y le dijo que contestara.

—Un cargamento de oro, plata y piedras preciosas para Juan IV de Portugal.

—Oro, plata y piedras preciosas. Hemos encontrado un tesoro flotando en el mar.

—Le rogamos que coja lo que estime y que luego nos deje seguir nuestro camino.

—Ja, ja, ja. ¡Un buen intento, amigo! Esta nao vale su peso en oro y toda su tripulación también. Usted lo sabe, en el mar se aprovecha todo. Bajarán a la bodega y ahí se quedarán hasta que lleguemos al puerto de Argel. No se preocupe, no les faltará agua ni comida. Los corsarios tenemos mala fama. Algunos nos comparan con el mismo diablo de los cristianos. Sus marineros quedarán bajo nuestras órdenes. Designe a un grupo de cuatro para que se encargue de su avituallamiento y a otros ocho para que arreglen las velas. Usted, capitán, hágame un listado con nombres, apellidos, edad, género, cargo y título nobiliario, si existiese, de su tripulación. No se deje a nadie y no intente mentirme. Al final terminamos averiguando quién es quién.

—Quizás podríamos llegar a un acuerdo, a un compromiso por mi parte de enviarle la cantidad que usted estime por el valor de nuestras personas.

El corsario caminó de babor a estribor valorando las palabras del capitán.

—Es un buen negociante, de eso no me cabe la menor duda, pero ese sería un mal acuerdo y lo sabe. No perdamos más tiempo con tonterías que no nos llevarán a ningún lado. Tiene tarea que hacer, así que póngase en marcha.

El Kaid ordenó a diez de sus hombres que supervisaran el traslado de los cautivos a las bodegas del barco. Cuando las velas estuvieran reparadas, se pondrían en marcha.

Simón siguió a su jefe hasta el barco corsario y, una vez allí, El Kaid le comentó:

—Rara vez nos encontramos con un barco como este y, si lo encontramos, viene custodiado por una nao armada con veinte cañones por banda. El mar es tan grande que muchos se arriesgan a cruzar el Atlántico sin la debida protección. Es como encontrar una aguja en un pajar, como dice ese refrán español.

Simón pensó en el último comentario y se dijo que no le faltaba razón. En los días que llevaban navegando, no se habían encontrado con ningún barco, solo con delfines y ballenas.

—¿Por qué no utilizó el cañón que está en la banda de estribor para intentar detener el barco? Hubiera sido más fácil.

—Sí, seguro que lo hubiéramos detenido más rápido partiendo en dos los palos, llenando de agujeros el casco y dejándolo medio hundido. Hubiésemos tenido tiempo suficiente para coger a los cautivos y el tesoro que llevan a bordo. Pero, siempre hay un pero, Simón; un corsario sabe cuánto vale un barco en buenas condiciones, y más un mercante como este. Por esa razón, intentamos causarle el menor daño posible, aunque tardemos más tiempo en capturarlo. Los objetivos se consiguen con tiempo y tenacidad. Nunca lo olvides, marinero. Además, ese cañón solo lo utilizamos para defendernos y muchas veces he pensado en tirarlo por la borda o venderlo. Es un lastre que entorpece nuestras maniobras. Los barcos corsarios tienen que ser ligeros y rápidos porque nuestros éxitos dependen de esas dos características. Si algún día tienes un barco, nunca le pongas cañones.

—¿Qué haremos?

—Volver a Argel, Simón. Vamos a descansar unos meses y, luego, volveremos al océano. Ese es nuestro sino. Llegar y volver a salir. ¿Qué te parece?

—Me parece bien, señor. Muy bien.

Simón Romero se quedó en la cubierta observando boquiabierto la majestuosidad del barco que habían capturado. Se sentía satisfecho. Cumplió muy bien la tarea que le encomendó El Kaid y su acción había sido determinante para concluir con éxito el abordaje.

***

Simón se ganó el respeto de los corsarios, pero sobre todo el de El Kaid, que vio en él a la persona que podría convertirse con el tiempo en su mano derecha. Bajo las órdenes del viejo corsario, comenzó a asumir nuevas responsabilidades de mando y, pasado el tiempo, se convirtió en el segundo de a bordo. El Kaid sabía que podía confiar en él ya no solo por su lealtad, sino por los conocimientos marítimos que fue adquiriendo a pasos agigantados en muy pocos años. Así, el corsario dejó bajo su responsabilidad las cuestiones relacionadas con los abordajes porque sabía que el canario era muy bueno y nunca lo defraudaría.

De esta forma, Simón Romero se convirtió en un gran pirata berberisco admirado por propios y extraños, y El Kaid se sentía satisfecho, muy satisfecho.

El Islam

Bien entrado el año 1659, y mientras entraban al puerto de Argel, Simón quiso hablar con El Kaid. Subió hasta la cubierta donde se encontraba el corsario argelino y le dijo:

—Llevo cuatro años navegando por estos mares. Usted me ha dado la posibilidad de ganar lo suficiente como para comprar mi libertad y creo que la merezco. Además, quiero convertirme al islam. Después de lo visto, ya no quiero ser cristiano. Me gusta la vida de corsario y no creo que vuelva a mi tierra.

—Es verdad que has sido un marinero fiel. En estos cuatro años has trabajado duro en todas las tareas que te he encomendado y creo que te mereces la libertad. Cuando desembarquemos, iremos a la Gran Mezquita de Argel y tus deseos serán cumplidos.

—Gracias. Una última cosa, señor. Me gustaría seguir navegando a su lado después de que sea un hombre libre.

—No esperaba menos de ti. En este tiempo has demostrado tu valía como corsario y tenerte a mi lado es una garantía. Eres el mejor hombre que he tenido a mis órdenes en mucho tiempo. Sé que algún día dejarás este nido y, si no lo haces, te echaré a patadas para que te busques un barco y seas tu propio jefe.

Simón sabía que tarde o temprano lo haría, era cuestión de tiempo. Pero también era consciente de que todavía tenía mucho que aprender y el viejo corsario era un verdadero maestro. Estaría a su lado hasta completar su formación o hasta que el corsario lo echara a patadas, como él le había dicho.

—No tengo ninguna prisa, señor. Aquí estoy muy a gusto y cada día aprendo algo nuevo. Si soy un buen corsario es gracias a usted.

—A partir de hoy no me llames señor, llámame El Kaid. Ya no eres un esclavo, eres un hombre libre.

—Me costará mucho no llamarlo señor, para mí sigue siendo un señor, la persona que me ha enseñado lo que sé y le estoy muy agradecido.

—Intenta recordarlo. Vamos a la mezquita, hay que hablar con el imán.

Bajaron del barco y se dirigieron a la Gran Mezquita *Djemmá el Kebir*. Se descalzaron y entraron en el templo. Simón se quedó asombrado con la majestuosidad del edificio religioso y del silencio sobrecogedor que lo inundaba solo roto con la letanía de los rezos de los fieles.

Simón le preguntó:

—¿Qué tengo que hacer para convertirme al islam?

—Tienes que dar testimonio de tu fe a través de la *shahāda*, en la que reconoces a Alá como único dios y a Mahoma como su mensajero y profeta, pero el imán nos dirá qué hacer. Espera aquí, volveré con él —le dijo El Kaid.

Al poco llegó el corsario con un anciano que caminaba muy despacio. Este tenía una barba blanquecina que le llegaba al pecho, una túnica blanca que lo cubría de la cabeza a los pies y un *tasbih* en la mano derecha que tenía las cuentas de un marfil oscurecido por el uso. Se acercó al joven canario, lo observó durante unos instantes y, luego, le preguntó arrastrando las palabras:

—¿Fuiste bautizado en la religión del profeta Jesús de Nazaret?

—Sí, fui bautizado al nacer.

—¿Llegas a esta mezquita por voluntad propia y con el corazón abierto a abrazar al único Dios, Alá?

—Sí, vengo por voluntad propia y porque desde hace más de dos años practico la religión islámica.

—Entonces, hijo mío, ponte en dirección a La Meca y responde a mis palabras. ¿Reconoces a Alá como único Dios y a Mahoma como su profeta?

—Sí, los reconozco.

—¿Reconoces que Jesús de Nazaret no es hijo de Dios, sino un profeta y súbdito de Alá?

—Sí, lo reconozco.

—Con este hecho reconoces que el islam es la verdadera religión, que no eres esclavo de nadie salvo de Alá. Aceptas que lo que dice el profeta Mahoma es revelado por Alá para iluminar nuestro camino hacia la felicidad eterna. En este acto has nacido de nuevo, todas tus faltas han sido perdonadas por obra y gracia de Alá. Estás limpio de toda mancha, puro como el agua cristalina de un naciente.

—Gracias, señor.

—Como hombre nuevo y puro, necesitas un nombre musulmán. ¿Cómo quieres llamarte?

Simón no supo qué contestar, pero miro hacia El Kaid y le preguntó:

—¿Cómo se llamaba su hijo, señor?

El Kaid sonrió y, con los ojos llenos de lágrimas por la emoción, le contestó:

—Alí, se llamaba Alí.

—Me llamaré Alí Simón en honor a su hijo porque, en cierta forma, es usted mi padre, señor.

—Gracias, Alí Simón, para mí es un honor que lleves el nombre de mi hijo.

—Alí Simón, súbdito de Alá, para terminar con tu proceso, tienes que darte un baño con agua para purificarte. Nunca olvides los cinco pilares de nuestra religión: no hay otra divinidad más que Alá y Mahoma es su profeta, reza cinco veces al día, da limosna a los más necesitados, ayuna en Ramadán y peregrina a La Meca una vez en la vida si puedes. Puedes irte en paz y que Alá te guíe.

Alí Simón vio como el imán se iba tan despacio como vino, rezando y moviendo las cuentas de su *tasbih*.

***

Después del baño en la mezquita, El Kaid y Alí Simón se detuvieron a la salida. El corsario lo tomó de una mano y le dijo:

—Hoy me has hecho muy feliz, Simón, Alí Simón. En cierta forma, no esperaba otra cosa de ti. Perdí un hijo por el que lloré hasta que se me secó el corazón, pero he ganado otro y este acontecimiento hay que celebrarlo.

—Para mí es un honor llevar el nombre de su hijo.

—El honor es mío, Alí. Sé qué harás grande su nombre porque tú eres un hombre que llegará muy lejos.

—Gracias, señor.

—Nos espera la gran celebración que se merece este gran día.

Pasada la fiesta de islamización de Alí Simón Romero Arráez, volvieron al barco para partir de nuevo. El Kaid llegó después de resolver los asuntos relacionados con los esclavos y la mercancía que llevaba en sus bodegas. Subió al barco y buscó al canario. Lo encontró preparando los aparejos para zarpar. Lo llamó y, cuando estuvo a su lado, le comentó:

—Han llegado unos cautivos procedentes de tu tierra, Alí. Un paisano tuyo, también islamizado, que está a las órdenes de Mustafá Farid, un corsario negro como el tizón y con muy malas pulgas. Me dijo que si me interesaba comprar algún canario porque sabía que eran buenos marineros. Cogí la lista y la leí. Entre ellos había un nombre que me llamó la atención, un isleño llamado Juan Romero de cuarenta años y pensé que pudiera ser un familiar tuyo.

Alí Simón se quedó en silencio y le dijo:

—Por el nombre y por la edad podría ser mi padre, pero él nunca pensó en embarcarse hacia Berbería. No creo que se trate de él. Así que partamos, señor, nos queda mucho camino y trabajo por delante.

—Alí, el mar puede esperar, no se va a ir de donde está. Si hay una sola posibilidad de que sea tu padre, vamos a comprobarlo; si no, nos iremos cuando suba la marea. ¿Existe esa posibilidad, hijo?

—Sí, existe, puede que sea mi padre, pero no quiero que este asunto interfiera en sus negocios.

—Mis negocios son tus negocios, Alí. Nunca lo olvides. Si yo gano, tú ganas; si yo pierdo, tú pierdes. Estamos en el mismo barco, así que no se hable más y vamos a comprobar si el cautivo es tu padre. Sígueme.

Sin perder mucho tiempo, se dirigieron a la plaza que estaba situada al norte del Palacio de Jenina, que era el centro neurálgico de la compraventa de esclavos. Atravesaron las estrechas calles repletas de personas que se dirigían a los diferentes zocos de la ciudad. Después de algunas pesquisas, averiguaron dónde estaba el pirata berberisco llamado Mustafá Farid. Alí Simón buscó a su padre entre una multitud de cautivos de todas las razas, en su mayoría negros de África Central capturados en las incursiones que hacían los piratas en las costas africanas.

Alí Simón se abrió paso entre la multitud de compradores que pujaban por los lotes de esclavos que estaban agrupados y separados. Logró colocarse en una posición desde la que tenía una visión amplia de la plaza. Miró grupo por grupo hasta que logró verlo sentado y abrazando sus rodillas con las manos. Estaba delgado y demacrado. Gritó su nombre:

—¡Juan Romero! ¡Juan Romero!

Pero la algarabía que había en la plaza impedía que su padre pudiera oír su nombre y volvió a gritar:

—¡Juan Romero! ¡Juan Romero!

Sin pensarlo, atravesó a la carrera la plaza. Un soldado intentó detenerlo, pero de un empujón se lo sacó de encima. Otro soldado, dando gritos, intentó impedirle el paso blandiendo su sable. Entonces, Alí Simón sacó el suyo y lo desarmó de un mandoble. El corazón se le desbocó y la adrenalina corrió por sus venas como un perro rabioso. Los gritos se apagaron y la plaza se quedó en silencio. Los presentes estaban expectantes a ver qué pasaba. Al poco llegó al lugar en el que estaba su padre y le gritó:

—¡Padre, padre!

Su padre levantó la cabeza con lentitud al oír su nombre y se encontró con el rostro de su hijo. La emoción hizo que se levantara con tanta rapidez que tiró por los suelos a dos cautivos que estaban a su lado. Por primera vez después de cuatro largos años sus miradas se volvían a encontrar. Se fundieron en un fuerte abrazo y su padre le dijo:

—¡Gracias a Dios que estás vivo, Simón! Sabíamos que habías sido capturado, pero te perdimos la pista y no supimos más de ti. Estás hecho un hombre, hijo. ¡Qué grande y qué fuerte estás!

—Bien, padre, ahora estará bien. Está a salvo. Vamos a salir de aquí y hablaremos con tranquilidad.

Simón miró a El Kaid y con un gesto le confirmó que era su padre al tiempo que cuatro guardianes los rodearon hasta que se resolviera la cuestión del cautivo.

El viejo corsario atravesó la plaza con parsimonia y se dirigió al lugar en el que estaba Mustafá. Conversaron durante un escaso minuto y poco después había resuelto la cuestión del pago del rescate. Uno de los hombres del pirata berberisco atravesó toda la masa humana hasta llegar al lugar donde estaba Juan Romero y Alí Simón y les indicó con un gesto que podían irse.

Juan Romero se detuvo. Miró al grupo de canarios que esperaban a ser vendidos como esclavos y que habían asistido a la liberación de su compañero.

—¿Qué pasará con ellos, hijo?

Alí Simón sabía que su padre nunca comprendería la venta de esclavos por mucho que se lo explicara, y mucho menos que él lo veía como una actividad normal y lícita, pero eso era lo menos que le preocupaba.

—Serán vendidos, padre. Eso ya lo sabe. Salgamos de aquí, hay muchos asuntos que resolver.

—¿No podemos hacer nada por ellos? Son nuestros paisanos. Algo se podrá hacer.

—No, padre, no podemos hacer nada. Estas son las reglas del juego. Tenemos que irnos —le dijo Alí Simón a su padre cogiéndolo del brazo.

Atravesaron la plaza despacio y se acercaron a El Kaid. El canario le presentó a su padre:

—Señor, este es mi padre, Juan Romero.

—Es un gusto conocer al progenitor de mi mejor hombre: fiel, trabajador y valiente.

Su padre no sabía qué decir ante aquel personaje que llevaba un turbante rojo, una camiseta de seda blanca, un chaleco negro y azul también de seda, un pantalón bombacho de color negro y una enorme barba cana.

—Padre, te presento a El Kaid, mi benefactor y protector durante estos años.

Se dieron un fuerte apretón de manos y el corsario dijo:

—Tenemos que demorar nuestra partida el tiempo que haga falta, Alí. Nos hospedaremos en mi casa hasta que solucionemos la cuestión que se nos presenta. Me imagino que usted querrá volver a su tierra lo más pronto posible.

—Sí, claro, esa es la idea. Mi padre volverá a Canarias en el primer barco que encontremos, señor —se adelantó Alí Simón a la respuesta de su padre.

—No hay tiempo que perder, Alí Simón. Vamos a mi casa. Tu padre será atendido como se debe y podrá descansar y recuperarse.

Alí Simón nunca había estado en la casa de El Kaid. Vivía en un palacete situado a las afueras de la ciudad que había sido construido con piedra caliza, lo que le daba un aspecto puro. En la entrada había un arco de herradura y en el interior, un gran salón luminoso. Por laterales se distribuían las habitaciones, cuyas entradas estaban rematadas con arcos lobulados.

El Kaid ordenó a sus criados que atendieran a sus invitados, que les preparasen los baños y que fueran preparando el almuerzo. Los siervos los llevaron hacia sus aposentos, que estaban en los laterales del palacete. Después de sus respectivos baños, Alí Simón fue a la habitación en la que estaba su padre. Se lo encontró sentado con una chilaba de algodón blanco y con las manos en la cara. Su hijo le preguntó:

—¿En qué piensas, padre?

—¿Por qué te ha llamado Alí? —le preguntó de sopetón.

Alí Simón sabía que la respuesta no le iba a gustar a su padre, pero no quería mentirle y le iba a decir la verdad.

—Hoy me he islamizado, padre. A partir de hoy mi Dios es Alá y Mahoma es su profeta. Cuando me enteré de que estabas en Argel, venía de la Gran Mezquita en la que he jurado fidelidad a Alá.

—Pero, hijo, tú eres cristiano. Has sido bautizado y ese es un sacramento divino que no puede romperse así como así.

—No, padre, no soy cristiano. Soy musulmán. Cuando me bautizaste, no pude elegir. Ese sacramento me fue impuesto. Yo no decidí ser cristiano. En cambio, he elegido ser musulmán libremente. Nadie lo ha decidido por mí.

Juan Romero no comprendía lo que le decía su hijo. Para él llevarlo ante la pila bautismal fue un gran día, un día de gozo y alegría. Con el sacramento del bautismo, se alejaba el mal. Su alma impura se transformaba, por obra y gracia de Dios, en pura y quedaba libre del pecado. Ser cristiano no tenía discusión. Así había sido desde el principio de los tiempos y solo los infieles ponían en duda aquella gran verdad.

—Ya sabes cómo te llamarán. Serás un renegado, un moro y un infiel, y no me gustaría oír que llamen así a uno de mis hijos.

Alí Simón lo sabía. Los renegados no eran muy bien vistos y, si eran capturados, solo les esperaba la hoguera. Él sabía que su islamización no tenía vuelta atrás.

—No me importa lo que diga la gente, padre. Mi vida está aquí y mi futuro, también. No pienso volver nunca a Canarias, padre. Soy un musulmán y un corsario.

—Hijo, ¿te vas a dedicar a asaltar barcos y hacer esclavos? ¿No hay otra forma de ganarte la vida? ¿Una forma más cristiana?

—Quizás la haya, pero no está en mis planes. Soy un corsario y ese es mi trabajo desde que me capturaron hace cuatro años. No quiero ni pretendo ser otra cosa. Podía haber acabado remando en una galera o sirviendo a un señor en cualquier lugar del Mediterráneo, pero El Kaid me dio la oportunidad de ser un marinero y después un corsario. Hoy por hoy soy un hombre libre, aunque estoy en deuda con él. Tu liberación tiene un precio, pero no te preocupes por eso. Esa cuestión la arreglaremos en estos días.

El canario sabía que El Kaid había negociado el pago con el pirata berberisco, pero desconocía cuál era ese pago y que aquel había aceptado porque el viejo corsario era muy conocido y respetado en la ciudad norteafricana.

—Lo sé, hijo. No sé cómo lo vas a pagar. Yo no tengo ni dónde caerme muerto. Tuve que embarcarme porque no encontraba trabajo y la pesca en Berbería era la única opción que me quedaba aun a sabiendas de que los moros estaban en la costa. Pero cuando el hambre aprieta, hay que jugársela.

—¿Y Salvador no te ayuda?

—Al principio, sí. Empezó a ganar algo de dinero como carpintero de ribera, pero hace más de dos años que se cansó. Decía que ese trabajo no era para él. Se enroló en un barco pesquero y no he sabido nada de él. Me decía que quería convertirse en pirata. No sabemos nada de él desde que se fue. Así que nos hemos quedado tu madre y yo, porque tus hermanas se casaron y la dote que nos dieron por los casamientos fue una miseria. Nos dio para sobrevivir durante un año, pero se acabó, perdí mi trabajo y sabes el resto de la historia.

—Hoy nos interesa resolver tu partida a Gran Canaria. Hablaré sin falta con El Kaid a ver cómo lo podemos resolver.

—Sí, me gustaría irme a casa lo antes posible, hijo. Tu madre está sola y no sé cómo lo estará pasando. Le dejé algo de dinero, pero ya no tendrá nada. Gracias a tus hermanas que, cuando yo me fui, nos estaban entregando una cesta con verdura y granos que nos solucionaba la comida de algunos días.

—No te atormentes, padre. Madre estará bien, es una mujer fuerte e inteligente y buscará la forma de ganarse la vida. Además, mis hermanas cuidarán de ella. Tengo que ir a hablar con El Kaid.

—Vete tranquilo, hijo. Intentaré comer un poco de estos manjares que nos han puesto en nuestros aposentos y luego quiero dormir un poco. Estoy agotado. El cuerpo me pesa como si llevara una bola de hierro atada a los pies. Tengo que recuperar fuerzas para volver a casa.

—Come y descansa. Después seguiremos hablando.

Alí Simón dejó a su padre en su habitación y salió en busca del corsario. Atravesó el salón principal, preguntó a uno de los súbditos y este lo condujo hasta los aposentos de El Kaid. El siervo entró y oyó la voz tronadora del argelino.

—¡Entra, Alí, estás en tu casa!

Alí entró y lo vio tumbado sobre un gran cojín de cuero tomando un té. Lo acompañaba una joven rubia con ojos verde esmeralda que no debía de tener más de veinte años y sonreía mientras tomaba también té.

—Siéntate, hijo. Esta es María, una guapa chica italiana que capturé hace más de cuatro años y que se ha quedado a mi servicio. ¿A que es más guapa que un amanecer?

—Cierto que lo es, señor.

—No me llames señor. Eres un hombre libre. Llámame simplemente El Kaid. ¿De qué quieres hablarme?

—Tendremos que replantear lo que hemos hablado con anterioridad porque el pago del rescate de mi padre me dejará sin recursos para poder saldar la cuenta de mi libertad.

—No me gusta cambiar los planes, Alí. Una de las cosas que admiro en un hombre es la generosidad y más si esa generosidad es con la familia. Por eso sé que serás un buen musulmán. Una de las principales virtudes que tiene que cultivar un hijo de Alá es la generosidad. Tú has sido generoso renunciando a tu libertad para dársela a tu padre. Eso dice mucho de tu persona. Eres parte de mi familia, Alí, como si fueras mi hijo. Me has demostrado con tu lealtad que mereces formar parte de ella. Te lo has ganado a pulso.

Por tanto, yo correré con los gastos de la liberación de tu padre y no me debes nada. No te preocupes. Tu padre y tú son hombres libres.

—Gracias, El Kaid, por su generosidad, pero me gustaría hacer frente a esa deuda.

—Sabes que solo tengo una palabra y esa está dicha —sentenció el corsario.

En los años que llevaba a las órdenes del corsario, Alí sabía que no le gustaba discutir y que, cuando tomaba una decisión, no le gustaba cambiarla.

—Gracias. Le estoy y le estaré agradecido.

—Tenemos que conseguir embarcarlo en un buque que vaya hacia Canarias o hacia España. Sé que en estos días hay prevista una redención, será una magnífica oportunidad para sacar a tu padre de Argel. A no ser que tú quieras que se quede aquí.

—No, él quiere volver a Gran Canaria. Mi madre está sola y necesita su ayuda.

—Pues no se hable más, Alí. Esta misma tarde iremos al puerto a resolver la cuestión de la partida de tu padre. Vamos a comer, hay hambre.

—Me parece una idea excelente. Mi padre tiene que descansar y recuperar fuerzas.

—Por cierto, ya es hora de que te compres o te construyas una casa en la ciudad. Al poniente de mi palacete hay buenos terrenos. ¿Has pensado en eso?

—No, no lo he pensado. Estoy más centrado en seguir aprendiendo, ir poco a poco hasta hacerme un corsario. Solo necesito un catre en el que dormir.

—Ya eres un corsario, Alí, y además de los buenos. Un buen corsario como tú tiene que tener un lugar decente en el que formar una familia. No vas a vivir siempre en mi barco ni en los hostales de mala muerte de Argel. Estudia la idea y, cuando volvamos del siguiente viaje, nos sentamos y buscamos un buen lugar en el que construir tu nuevo hogar.

—Eso suena muy bien. Mi nuevo hogar, aquí, en Argel. Lo hablaremos al regreso, señor.

—Queda dicho, Alí. A comer —dijo dando unas palmas para llamar a los sirvientes.

Esa misma tarde El Kaid y Alí Simón encontraron un barco fletado por los trinitarios que en una semana saldría hacia Cádiz y que se llevaría a más de cien personas que habían pagado el correspondiente rescate a los corsarios berberiscos.

El Kaid cubrió los gastos del viaje y le entregó a Juan Romero una bolsa con veinte monedas de oro de la Corona portuguesa. Sería suficiente para pagar el pasaje desde Argel a Cádiz y desde allí a Gran Canaria; además, tendría para vivir varios años.

Alí Simón le agradeció el gesto y le dijo que se lo pagaría. El corsario le dijo que nunca olvidara la caridad de los musulmanes, que no quería hablar más de ese asunto y que los asuntos familiares se resolvían en el seno de la familia.

Un ataque sorpresa

Después de cerrar los asuntos que tenían en Argel volvieron a partir hacia las costas de Berbería.

El corsario El Kaid, una vez a bordo, le dijo al muchacho:

—Llevo algunos meses pensando en saquear alguna de las Islas Canarias, como hicieran el Turquillo o Calafat. Un ataque como ese nos traería muchas ganancias, sobre todo por la venta de esclavos. El abordaje a los barcos nos mantiene entretenidos y nos da algo de beneficio, pero lo realmente interesante está en las invasiones. ¿Tú qué crees?

—Creo que tenemos posibilidades de éxito si atacamos por sorpresa y rápidamente. Podríamos hacer una incursión en Lanzarote o Fuerteventura. Llegar, saquear algunos pueblos y llevarnos el mayor número de esclavos. Estas islas están poco protegidas por Castilla. Sería un suicidio atacar Tenerife o Gran Canaria. Están muy bien custodiadas por las milicias canarias porque en estas islas están los puertos principales, que abastecen de agua y alimentos a los barcos que van y vienen del Nuevo Mundo.

No le faltaba razón al converso. Tanto la isla de Gran Canaria como la de Tenerife estaban muy bien custodiadas por las fuerzas de la Corona de Castilla y habían repelido con cierto éxito las incursiones de corsarios y piratas. Uno de los más famosos ataques fue el ataque de Pieter van der Does, que invadió la ciudad de Las Palmas, aunque tuvo que retirarse por la fuerte resistencia de los canarios. En la batalla murieron mil cuatrocientas personas.

—Pues pongamos rumbo a las Canarias. Una vez allí, decidiremos si atacar Lanzarote o Fuerteventura —dijo El Kaid.

Con el paso de los días, la tripulación se percató del trato de favor que recibía Alí por parte de El Kaid y el cambio que había dado en el escalafón dentro del barco desde hacía un año. El corsario, sin decirlo, había dado un estatus especial al converso porque pensaba que tenía muchas posibilidades de convertirse en un gran corsario y porque tenía especial predilección por el canario. Los tripulantes lo sabían y no se atrevían a discutir tal decisión.

Después de veinte jornadas de navegación, llegaron a las costas de Lanzarote. Fondearon en el canal que dividía Lanzarote y Fuerteventura porque habían llegado al atardecer. Simón había sido llamado por el viejo corsario. Bajó al camarote, tocó y entró. El Kaid se encontraba leyendo el Corán.

—El Corán es un libro que enseña muchas cosas. Su lectura me llena de paz y sosiego antes de cualquier batalla. Debería convertirse en tu libro de cabecera —le dijo sin levantar la mirada del sagrado libro.

—Me he leído algunos pasajes y quiero seguir haciéndolo, señor.

—Es muy importante conocer el Corán, Alí. Un buen musulmán tiene que conocerlo porque es la palabra de Dios, que fue escrita por el profeta Mahoma. Sé que para los conversos es difícil entenderlo. Fuiste educado bajo una falsa religión, pero tienes que esforzarte en dejar atrás los mandamientos de los cristianos.

—Lo sé, señor. Intentaré conocerlo con todas mis fuerzas y lo conseguiré. De eso estoy seguro.

—No lo dudo, hijo.

—¿Ya ha decidido qué isla va a atacar? —le preguntó el converso.

—No. Esa es la razón por la que estás aquí. Quiero que lo decidas tú.

—¿Yo? —preguntó incrédulo.

—Sí, tú. Y además quiero que dirijas el ataque.

—Es un honor, pero también una gran responsabilidad y no sé si estoy preparado para hacerme cargo de esa misión.

—Alí, hace algunos años que te conozco y sé que estás deseando llevar a cabo esta tarea que te encomiendo. Además, sé que estás preparado. Has aprendido mucho en estos años. No queda nada de aquel muchacho al que acogí bajo mis alas. Bueno, sí, queda algo, tu valentía, tu entereza y tu pundonor.

—Ya le digo, señor, que para mí es un privilegio que no sé si merezco. Sin embargo, puesto que usted me ha dado esa oportunidad, no lo voy a defraudar. Creo que tenemos que atacar justo antes del amanecer para coger a los nativos desprevenidos. Nadie espera un ataque a esas horas.

—Pues que así sea, Alí. Tienes el mando de la operación. ¿Has decidido qué isla atacarás?

—Sí, señor. He elegido la isla de Lanzarote. Los mapas que les arrebatamos a los portugueses muestran que la ciudad tiene una playa muy tranquila en la que será muy fácil entrar con nuestras barcas. Además, podemos acercarnos mucho con nuestro barco porque no hay arrecifes.

—Veo que no has perdido el tiempo. Has estudiado los mapas que te entregué hace meses.

—Sí, los portugueses tienen buenos cartógrafos. Sus mapas son muy detallados y las notas sobre los fondeaderos son magníficas. Hay que guardarlos como verdaderos tesoros, señor. Nos pueden servir en cualquier momento y sacarnos de alguna que otra encrucijada.

—Bien, Alí, ponte en marcha. Mi barco está a tus órdenes —le dijo El Kaid con seguridad.

Subió a cubierta satisfecho y le ordenó al contramaestre que pusiera rumbo hacia la isla de Lanzarote. Su compañero lo miró extrañado. Hizo un gesto de comentarle algo, pero se lo pensó dos veces y acató las órdenes del canario sin rechistar.

Alí sabía que era una gran responsabilidad, que no podía fallar y que, con el éxito o el fracaso de ese ataque, se ganaría el respeto del resto de corsarios. Solo tenía el apoyo de El Kaid y sabía que algunos marineros recelaban de su meteórico ascenso, aunque no lo manifestaban en presencia del viejo corsario porque sabían que no lo aceptaría. No solo estaba en juego demostrar que era un buen estratega, sino también hacerles ver que también él podría ser un verdadero líder. Ese era el día en que tenía que demostrar de qué madera estaba hecho.

Casi al amanecer estaban fondeados frente a las costas de la capital de Lanzarote. Alí Simón comprobó la fuerza y la dirección del viento, este soplaba con la fuerza suficiente para que el jabeque arrancara en el momento en que las velas latinas portaran. Ese detalle era fundamental para tener cubierta la vía de escape. Si la operación no salía como estaba previsto, tenían que estar preparados para poner el barco en marcha. Por esa razón, había una cuadrilla de cinco marineros más el contramaestre preparados para soltar las velas en caso necesario y arrancar el jabeque.

El corsario renegado dirigía a sus hombres desde la cubierta. Ordenó que preparasen tres embarcaciones y que las pertrechasen con lo necesario para la incursión en la costa de la isla.

Todavía no había amanecido cuando comenzaron a bajar las tres lanchas que tenían a bordo. Una vez en el agua, bogaron hacia la costa. De las tres barcas, una iba completa con quince piratas dirigidos por Alí Simón y las otras dos, con una pareja de piratas cada una que remaban en dirección a la playa.

Solo un farol en cada uno de los botes hacía de guía y les permitía ver a uno o dos metros de sus proas. La primera barca era la que abría el camino y los conducía hasta la playa de Arrecife.

Desembarcaron en silencio, solo acompañados del sonido de su propio chapoteo y por el romper de las olas en la orilla. Alí Simón los dividió en tres grupos con las órdenes bien claras: capturar a niños, mujeres y hombres jóvenes; a los viejos había que dejarlos en tierra.

El ataque sería rápido y preciso. De eso dependía que todo saliera como estaba previsto. Fueron de casa en casa sacando a hombres, mujeres y niños que gritaban como locos al ser sacados de sus domicilios e introducidos en los botes. Los corsarios no dudaban en emplear la violencia contra el nativo que se resistía. Estaban acostumbrados a este tipo de acciones y sabían cómo actuar para que sus misiones fueran un éxito.

Salieron de la orilla con el mismo sigilo con el que habían entrado en ella, remando esta vez con más rapidez para llegar lo más pronto posible al jabeque, que los esperaba fondeado frente a ellos.

Cuando los primeros rayos del sol asomaban por el horizonte, comenzaron a llegar los primeros militares que estaban custodiando la ciudad, pero no quedaba ni un solo berberisco en tierra y no pudieron hacer nada contra el asalto de los corsarios. Lo único que vieron los soldados con claridad fue cómo el bote de Alí Simón abandonaba la costa de Arrecife con diez nativos a bordo acompañados de tres piratas.

El Kaid estaba en la cubierta observando las acciones que llevaban a cabo sus hombres. Cuando Alí Simón estuvo junto a él, le dijo con una sonrisa:

—Veo que la maniobra ha sido rápida y eficiente. ¿Cuántos prisioneros hemos capturado?

—Alrededor de cuarenta, no lo sé con seguridad. Casi no ha habido resistencia y la poca que encontramos la hemos reducido. Los españoles han llegado tan tarde que, cuando lo hicieron, estábamos fuera del alcance de sus arcabuces. Ahí los puedes ver. Son más de treinta. Si hubiéramos tenido un enfrentamiento, se habría derramado mucha sangre y muchos de nosotros seríamos pasto de los peces. No cabe duda de que han reforzado las guarniciones para protegerse de nuestros ataques. Creo que tenemos que ir pensando en abandonar la idea de atacar las islas y seguir asaltando barcos. No podemos correr este tipo de riesgos.

—Tienes razón. Desde aquí los puedo ver. Están equipados para el combate. Gracias a tu astucia, nos hemos librado de una cruenta batalla. Y es verdad, he oído en Argel que muchos han intentado ataques a las islas; algunos lo han conseguido y otros han salido con el rabo entre las piernas.

—Señor, pongamos nuestra proa hacia un puerto amigo antes de que alguna galera salga a nuestro encuentro —le dijo Alí Simón con tono firme.

—Encárgate de distribuir a los cautivos, que hagan una relación de cuántos hay y que los traten bien. Es una mercancía tan valiosa como el oro de las Américas. Cuando termines, pon rumbo a nuestro puerto.

El Kaid abandonó la cubierta y se dirigió a su camarote feliz porque su protegido había salido victorioso en la primera misión que le había encomendado. No se equivocó. Se sentía orgulloso de tener un buen olfato para elegir a los marineros. Sabía que Alí Simón llegaría muy lejos y esperaba tenerlo bajo sus órdenes por mucho tiempo. Tenerlo a su lado era una garantía.

—Muchachos, lleven a los cautivos a las bodegas y que nos les falte ni agua ni comida. Ahmet, haz un listado con el número exacto de los prisioneros. Sabes lo que tienes que hacer.

Diciendo esto, Alí Simón dio las órdenes oportunas para que levaran anclas con cincuenta y cinco lanzaroteños en la bodega, que serían vendidos en el mercado de esclavos de Argel.

Tiempo después de su incursión en Lanzarote, el corsario El Kaid nombró a Alí Simón su contramaestre y mano derecha. Cualquier decisión de importancia era consultada con el renegado porque sabía que su opinión era muy cualificada y había que tenerla en cuenta.

Alí Romero se sentía satisfecho porque se había convertido en un verdadero corsario y, lo más importante, ya no solo contaba con el apoyo de su mentor, sino que se había ganado el respeto del resto de sus compañeros.

Un desafortunado encuentro

Después de vendidos los cautivos apresados en Lanzarote, El Kaid insistió en que el converso se comprara una casa; él correría con los gastos y ya se los pagaría poco a poco. Alí Simón aceptó a regañadientes, no le gustaba tener deudas con nadie. Sin embargo, sabía que el viejo corsario lo hacía de corazón porque le gustaba tenerlo a su lado.

Era consciente de que necesitaba una casa. Argel era su lugar de residencia y estaba harto de los hostales de mala muerte que había en los alrededores del puerto. Necesitaba un lugar tranquilo y sencillo, sin muchas pretensiones, un lugar en el que descansar después de las largas jornadas en alta mar.

Se dejó llevar por el entusiasmo que mostró el corsario argelino y se decidieron por una casa de una planta que había pertenecido a un pirata berberisco que se arruinó después de un enfrentamiento con un barco de la Armada Española y no pudo mantener el nivel de vida que había llevado hasta ese momento.

La casa estaba cerca del palacete de El Kaid, construida en una meseta desde la que se divisaba el puerto. Estaba hecha con piedra caliza y disponía de siete habitaciones y un baño en la parte trasera. Lo que más le gustaba al corsario canario era la entrada, formada por un gran arco de herradura que le daba un aspecto espectacular.

No se demoraron más de una semana en terminar con las gestiones de la compra y la decoración de la casa, de la que se encargó una de las mujeres de El Kaid.

Alí Simón se quedó con dos cautivos lanzaroteños, Felisa y Francisco, para que se hicieran cargo de las labores domésticas.

Después de dejar arreglados los asuntos relacionados con su nuevo hogar, El Kaid y Alí Simón partieron de nuevo hacia Berbería. Cuando llevaban cuatro días de navegación, divisaron a estribor un gran velero de tres palos que se dirigía hacia las Islas

Canarias. El Kaid ordenó que pusieran rumbo hacia el mascarón de proa de la nave; Alí Simón dio las órdenes oportunas para que los marineros se pusieran en posición de combate, el abordaje sería inminente. Los treinta y cinco piratas argelinos se armaron listos para la batalla, pero antes de que se pudieran dar cuenta se oyó el primer cañonazo. El proyectil cayó en la proa, dejando tras de sí un gran agujero e hiriendo de muerte a dos tripulantes. Alí Simón saltó como un gato montés por la cubierta en dirección a la popa, donde estaba el timón, al tiempo que gritaba:

—¡Viramos, viramos! ¡Nos atacan a cañonazos!

Viró tan rápido que el segundo proyectil cayó en el mar, a pocos centímetros de la banda de estribor. Tenían la fortuna de que el viejo barco corsario era mucho más veloz en las maniobras y las viradas las ejecutaba con mayor celeridad. La nao no dejaba de disparar sus cañones de forma continua y las balas silbaban por encima de sus cabezas. El renegado vio cómo El Kaid observaba sus acciones desde la cubierta de popa sin perder detalle de la contienda, como si asistiera a una representación teatral y las acciones que se desarrollaban no fueran con él.

Contra el tercer disparo las maniobras de Alí fueron insuficientes, una bola negra de hierro caliente destrozó el centro del jabeque. El canario era consciente de que este no resistiría otro impacto y se iría al fondo sin remedio si otra bola ardiente lo alcanzaba.

—¡A sus puestos! Un cuarto impacto nos mandará al fondo —gritó Alí Simón.

Hizo tres viradas seguidas mientras que los cañonazos seguían cayendo a babor y a estribor sin que una sola bala tocara ni una tabla del armazón del barco. Era la primera vez que se enfrentaban a una nao con cañones, pero sabían que en un enfrentamiento directo no tenían nada que hacer. En casos como estos solo cabía la posibilidad de huir y eso hicieron.

Los barcos berberiscos se diseñaban y construían para realizar abordajes a pesqueros o a barcos comerciales y realizar acciones fugaces en las costas, en las playas de las islas y en los continentes para capturar prisioneros. Por esa razón, eran ligeros, con poco calado, con el fin de que fueran muy veloces. También le dedicaban mucho tiempo a las tareas de mantenimiento preventivo para mantener en perfecto estado de uso las velas y los aparejos y, durante las estancias prolongadas en el puerto, limpiaban el casco de algas y crustáceos que vivían en él.

Así evitaban las naves militares y, cuando las divisaban, cambiaban de rumbo y se perdían lo más pronto posible. Pero en los últimos tiempos algunas de estas naos armadas con más de veinte cañones por banda se camuflaban haciéndose pasar por naves comerciales y, en algunas ocasiones, conseguían engañar a piratas y corsarios.

Además, debido al asedio de corsarios y piratas, muchos de los barcos mercantes utilizaban entre cinco y ocho cañones móviles para protegerse de los ataques. Su manejo era un elemento disuasorio muy importante, ya que, si lograban dar en el blanco antes de que los corsarios los abordaran, en la mayoría de las ocasiones, abortaban el ataque. Pero utilizar un cañón era muy complicado porque era un arma de precisión muy difícil de utilizar. Solo unas manos expertas eran capaces de hacer blanco a la primera de cambio.

Después de diez viradas seguidas lograron escapar del área de alcance de los cañones de la nao. Alí Simón llamó al segundo contramaestre y le ordenó que pusiera rumbo a Argel y que, cuando lo fijara, hiciera un recuento de pérdidas humanas y de daños materiales.

El converso buscó por la cubierta a El Kaid, pero no lo encontró. Al llegar a la popa del barco, vio el gran agujero que había realizado el último proyectil. Ese era el lugar en el que lo había visto por última vez, justo en la entrada de las escaleras que daban a su camarote. Se detuvo, miró hacia abajo y se percató de que el impacto había alcanzado de lleno el camarote del corsario. Sin pensarlo mucho, saltó desde arriba y, al llegar al suelo, se encontró con el cuerpo del que había sido su mentor durante aquellos años. Se arrodilló ante él y comprobó que tenía el pecho destrozado. Una inmensa astilla de madera le atravesaba el corazón. Le buscó el pulso en el cuello, como le había enseñado el viejo corsario; sin embargo, solo encontró el silencio de la muerte.

Contuvo las lágrimas, pero luego le salieron como un torrente en un día de tormenta y gritó de pena y de rabia. Se tranquilizó, recobró la calma. Respiró, subió a cubierta y ordenó al segundo contramaestre que reuniera a los corsarios en la popa. Alí Simón esperó a que los hombres estuvieran reunidos delante de él. La mayor parte murmuraban; algunos hablaban entre ellos. Comprobó con la mirada que estaban la mayoría. Los conocía muy bien. Tenía sus rostros grabados en su cabeza. Levantó las manos con las palmas de sus manos vueltas hacia abajo y las movió de arriba abajo pidiendo tranquilidad.

Los murmullos se fueron extinguiendo hasta que solo se oyó el flamear de las velas latinas que portaban al viento y el sonido del casco saltando sobre las olas.

—Tengo que darles la peor noticia que jamás pensé que les daría; nuestro jefe, El Kaid, ha muerto —hizo una pausa intentando controlar la pena y la angustia que lo ahogaba—. Una estaca de madera le ha atravesado el corazón y se lo ha partido en dos.

Los marineros volvieron a hablar entre ellos. El corsario canario volvió a levantar las manos para calmar los ánimos de los presentes y dijo:

—Se nos ha ido un gran hombre, de los mejores que he conocido. Ustedes saben lo que significaba este hombre para mí; era mi amigo, mi hermano y también mi padre.

Se detuvo para controlar la emoción que lo embargaba. Notó que los ojos se le humedecían y se le llenaban de lágrimas. Se las quitó con un leve gesto de sus índices y continuó:

—Tomaré el mando hasta que lleguemos a puerto. Una vez allí, comunicaré a sus familiares su trágico final y dejaré este barco para siempre.

Los murmullos de los corsarios volvieron a recorrer la cubierta. Se miraban unos a otros sin saber qué hacer. El Kaid había sido su jefe desde hacía muchos años, una persona a la que seguir, un faro que los guiaba en la oscuridad.

—Pero ¿qué vamos a hacer nosotros, qué será de nosotros? —preguntó uno de los marineros más jóvenes.

—El futuro es incierto porque hemos perdido a nuestro jefe, que también era nuestro amigo, pero la vida sigue y no podemos detenernos. Tenemos que seguir nuestro rumbo. Lo amortajaremos y le daremos la sepultura que se merece. Cuando lleguemos a Argel, hablaremos. Les prometo que ninguno se quedará sin trabajo. Les doy mi palabra.

El canario amortajó el cadáver del argelino. Lo desnudó y lo lavó por completo, quitándole los restos de la sangre que cubrían parte del cuerpo. Le lavó la cabeza y la barba; luego siguió con la parte derecha del cuerpo y terminó con la izquierda. Le cortó las uñas de las manos y de los pies. Después lo cubrió con tres sábanas blancas de algodón, de manera que no le quedara ninguna parte al descubierto, y lo ató con un cabo de cáñamo para sujetar las telas de la mortaja.

Lo subió a la cubierta con la ayuda de tres marineros y lo colocó en la banda de estribor. El segundo contramaestre recitó el primer *Takbir* y la *Sura Al Fatihah*. Luego siguió con el segundo *Takbir*, con el tercer *Takbir* y concluyó con el cuarto. Levantó las manos y terminó la ceremonia recitando el *Taslim*.

Permanecieron sin decir una palabra hasta que Alí Romero dispuso los preparativos para arrojarlo a la mar siguiendo la vieja tradición marinera. Se colocó detrás de su cabeza, lo levantó por los hombros y lo arrojó al mar. Alí observó el cuerpo amortajado flotando, como si no quisiera perderse en el fondo del océano, pero al poco se hundió, primero por los pies, hasta que su cuerpo se perdió en las profundidades del Atlántico.

El renegado pensó que ahí comenzaba un nuevo camino y que, con la muerte de su mentor, se había cerrado una puerta, pero se había abierto otra. Sonrió y dijo para sí: «Adiós, amigo, buen viaje».

Al llegar a puerto, fue a buscar a los hijos de El Kaid para comunicarles personalmente la noticia del fallecimiento de su padre y hacerles entrega de sus pertenencias más personales y del jabeque.

Con la muerte del viejo corsario quedó libre del compromiso que tenía con él y con toda la tripulación. Se dirigió por última vez a los marineros en la cubierta del barco:

—Hoy le he entregado todas las pertenencias a los hijos de El Kaid. Ninguno de sus hijos quiere seguir con la actividad corsaria, así que han decidido vender el barco.

El segundo contramaestre se adelantó y preguntó:

—¿Qué vas a hacer tú, Alí?

—Tengo algo de dinero y con él quiero construirme un barco propio y convertirme en un corsario independiente. El que quiera podrá formar parte de mi tripulación. Mis puertas están abiertas.

Alí Romero tenía claro lo que quería hacer y trabajó duro para conseguirlo. A partir de aquí comenzaba una nueva vida en la que él no sería el único protagonista.

Nuevo rumbo

Con el dinero que había logrado ahorrar durante sus años como corsario negoció la construcción de un jabeque en una de las múltiples carpinterías de ribera que había en el puerto de la ciudad mediterránea. A finales del año 1667 tenía su flamante barco flotando en las aguas capitalinas de Argel. Había logrado su gran sueño.

Los siguientes meses los dedicó a buscar materiales para aprovisionar su barco y a reclutar a los marineros que lo iban a acompañar en sus viajes. La mayoría vinieron solos porque se había corrido la voz de que Alí Simón tenía una nave y estaba buscando corsarios competentes. Al final se hizo con casi toda la tripulación que había navegado con El Kaid, que completó con algunos canarios que también habían renegado de la religión católica y eran buenos marineros.

En la primavera de 1668 desplegó las velas de su jabeque, al que llamó *El Canario*, y puso rumbo hacia las costas de África, donde comenzó su carrera corsaria en solitario.

Su primera acción corsaria se desarrolló frente a la isla de Gran Canaria, en la que llevaba fondeado más de cinco días. Alí Simón sabía que, tarde o temprano, algún pesquero regresaría por esa ruta. También sabía que era un riesgo permanecer tanto tiempo fondeados en un mismo lugar. El corsario era consciente de que su supervivencia dependía, en gran medida, no solo de sus ataques selectivos, sino de estar en continuo movimiento para evitar a los temibles navíos de guerra que patrullaban por las aguas cercanas a las islas y al continente.

A mediodía del quinto día su contramaestre gritó:

—¡Barco a la vista por estribor! ¡Barco a la vista por estribor!

Alí se dirigió a la proa del barco, cogió su catalejo y observó con detenimiento su presa. Se trataba de un pesquero que, al percatarse de su presencia, viró en redondo para emprender la huida. Alí ordenó levar anclas, ceñir las velas y ponerse en marcha. *El Canario* comenzó a navegar y antes de media milla había alcanzado su máxima velocidad.

El pesquero intentaba escapar haciendo viradas a diestro y siniestro, pero debido a que llevaba sus bodegas hasta los topes de pescado en salazón, sus viradas eran lentas y su velocidad no era la suficiente para escapar del ataque del barco del canario.

A la media hora de navegación, Alí Simón ordenó a sus hombres que se preparasen para el abordaje. Los corsarios se colocaron en la banda de babor preparados con los cabos y los garfios para iniciar el abordaje.

El corsario grancanario tomó el timón y dirigió la maniobra de acercamiento. Se colocó en paralelo al pesquero, orzó hasta que los cascos entraron en contacto y gritó:

—¡Al abordaje!

Los corsarios iniciaron el ataque. Los cabos con los garfios volaban hacia la cubierta del pesquero al tiempo que Alí mantenía su rumbo para no perder el contacto de su jabeque con el casco del barco de pesca. Los gritos de los corsarios y pescadores de entremezclaban; unos, atacando y los otros, intentando defenderse.

Los corsarios arriaron las velas del pesquero que, como un pez agotado y vencido, se detuvo por completo. Después de unos minutos de desconcierto, los corsarios se hicieron con el barco. Alí Simón saltó a la cubierta del pesquero, se detuvo en el centro y recordó al pesquero *Las Ánimas* cuando fue capturado por El Kaid. Tuvo una sensación extraña al recordar aquel acontecimiento pasado. Casi no recordaba cuánto tiempo había pasado. Su vida cambió por completo aquel día y sabía que había sido un cambio radical, pero necesario. Se preguntaba qué hubiera sido de su vida si nunca hubiera sido capturado por su mentor. Nunca lo sabría. Lo cierto era que no se arrepentía de nada porque se sentía feliz y poderoso.

Sus hombres lo observaban preguntándose qué le pasaba. Dio unos pasos adelante con las manos detrás y preguntó:

—¿Quién es el capitán de este pesquero?

—Soy yo, Simón.

Le extrañó oír su nombre cristiano mientras que un hombre se abría paso entre los corsarios y pescadores. Era el viejo capitán Juan Sánchez. Había envejecido mucho, arrastraba la pierna derecha y le faltaba la mano izquierda.

—¿Juan Sánchez? —le preguntó el corsario sin reconocer a la persona que tenía delante.

—Sí, soy Juan Sánchez, aunque algo más viejo, con una pierna casi paralizada y sin una mano.

Alí se acercó, sonrió y le dijo entusiasmado:

—Ha pasado mucho tiempo, capitán. Al final logró volver a casa sano y salvo.

—Sí, estuve en una galera más de tres años. Fuimos rescatados por una nao de la Armada Española, volví a Gran Canaria y hace unos meses un armador me convenció para volver a estas costas infestadas de corsarios y piratas. Sabes que hay que comer y sustentar a nuestras familias. Además, soy un hombre de mar, como tú, y no sé hacer otra cosa. A ti te ha ido bien. No esperaba menos. Cuando te vi subir al palo mayor de mi antiguo bergantín, supe que llegarías donde te propusieras.

Alí sonrió y se acercó aún más al capitán. Lo observó con detenimiento. Había envejecido mucho. Los tres años remando en la galera habían dejado huella. Lo miró a los ojos y le dijo:

—Sí, capitán, me ha ido bien. Usted sabe que el trabajo duro tiene su recompensa. Usted es un pescador y yo, un corsario. Los dos vivimos de las capturas. Por esa razón, tenemos que hablar de negocios. Usted tendrá las bodegas repletas de pescado; si no fuera así, no estaría de regreso.

—¿Qué vas a hacer con nosotros, Simón? Te puedes quedar con todas mis capturas y dejarnos ir hacia Gran Canaria, pero no nos lleves a Argel. Te lo ruego. No soportaría volver a estar en una galera —le suplicó el viejo pescador.

—Es una buena oferta, capitán. Usted es un hombre bueno, cabal e inteligente, y también con suerte.

—¿Un hombre con suerte, Simón? Tú sí que has tenido suerte. Estás donde quieres estar y has conseguido lo que has querido. En cambio, yo, ya me ves, manco y cojo. El mal fario me persigue como una perra sarnosa desde el día en que nos capturó aquel corsario.

—Le pondré un precio a su barco, a sus capturas y a su tripulación. ¿Qué le parece?

—¿Cuál es ese precio? Jamás podré pagarte, Simón. Lo sabes muy bien. No tengo ni dónde caerme muerto.

—Elija a su mejor hombre y se vendrá conmigo, capitán. Ese es el precio. Ni más ni menos.

El capitán miró a sus hombres. Él sabía quién era ese hombre, pero le dijo al corsario:

—Sabes que no puedo hacer eso, Simón. No voy a entregarte a ninguno de mis hombres. Ninguno tiene precio. Ni por cincuenta jabeques los vendería. Son mis hombres y en este barco son como si fueran mis hijos. ¿Tú venderías a un hijo por salvar tu pellejo? No, ¿verdad? Pues yo tampoco.

El corsario cogió por los hombros al capitán y le dijo con una amplia sonrisa:

—¡Lo sabía! Sabía que me iba a dar esa respuesta, capitán. Entonces no hay trato...

—No, no hay trato, Simón. No quiero volver a Argel, pero nosotros no escribimos nuestro destino. El mío y el de mi tripulación está en tus manos.

—No, capitán, no va a volver a Argel, ni usted ni ninguno de sus marineros.

El contramaestre de Alí gritó:

—¡Señor! ¡Piénselo bien! Hay en juego mucho dinero y no es cuestión de tirarlo por la borda.

El canario lo miró con dureza y le dijo a Juan Sánchez:

—Dígale a sus hombres que trasladen la mitad del pescado salado a mis bodegas y, cuando terminen, puede irse. Espero no volver a encontrarlo por estas aguas. Tiene que retirarse, capitán.

—Esta iba a ser mi última zafra, pero tendré que volver a salir. En la mitad que te quedas está mi jubilación —le dijo con un tono de reproche.

Alí miró hacia el cielo como buscando una respuesta. Caminó hacia la banda de babor y sintió cómo la brisa del mar le acariciaba la cara. Respiró y pensó en lo que le dijo el viejo capitán, en la mala suerte que lo había acompañado desde su captura por El Kaid y aquellos años remando en una galera infecta que casi acaban con su vida.

—Sin duda, es un buen hombre y se merece un descanso, capitán. El Corán nos enseña a ser agradecidos y a comprender a nuestros semejantes. Así que leve anclas y ponga rumbo a Gran Canaria. No me quedaré con nada. Es libre, capitán.

El capitán se acercó a Alí Simón y le dijo:

—Gracias, Simón. Sabía que algún día llegarías lejos, aunque no me gusta lo que haces, pero gestos como este te hacen grande, muy grande.

—Usted es un hombre bueno y se merece que los vientos, por una vez, le sean favorables. Así que váyase con los suyos.

Giró sobre sus talones, se dirigió a sus hombres y les gritó:

—¡Es hora de abandonar este barco, muchachos!

Los corsarios recogieron la mayor parte de los cabos con los garfios, dejando solo dos, y abandonaron el barco. El canario se quedó en la proa del pesquero pensativo. Vio que Juan Sánchez era felicitado por sus tripulantes como si hubiera obtenido una victoria, pero el capitán sabía que habían sido liberados por la generosidad de aquel que había sido su grumete y que se había convertido en un verdadero corsario.

Alí atravesó la cubierta para dirigirse a su barco, pero antes Juan Sánchez lo cogió por el brazo y le dijo:

—Estoy en deuda contigo, Simón. No sé cómo podré pagarte este gesto.

El corsario canario pensó en esa deuda y le vino a la cabeza la imagen de sus padres. Miró al capitán y le dijo:

—Quizás pueda saldar esa deuda de una manera fácil, capitán.

—Dime cómo puedo hacerlo. Si está en mis manos, lo haré con sumo gusto.

—Sabe que mis padres viven en Canarias y yo no puedo enviarles dinero alguno porque las autoridades de la isla saben su procedencia y se lo confiscan. Solo quiero que entregue el jornal que corresponda a un marinero por esta zafra a mi padre. ¿Podrá hacerlo?

—Claro que podré, Simón. Así lo haré.

Alí Simón le tendió la mano al capitán y le dijo:

—Que tenga suerte, amigo, y cuídese.

—Yo también te deseo lo mismo.

El corsario cogió uno de los cabos que mantenían los barcos abarloados, se impulsó y subió a su jabeque. Dio las órdenes para soltar los cabos y los garfios y emprendió la navegación.

Alí Simón observó cómo el viento infló las velas del pesquero, puso su proa rumbo a Gran Canaria y se perdió en el horizonte.

Luego, ordenó que pusieran rumbo a Berbería. Cuando el jabeque estaba en plena navegación, se acercó a su contramaestre y le dijo con voz queda:

—Nunca tomo una decisión sin meditarla. No vuelvas a poner en duda mi autoridad porque la próxima vez que lo hagas te dejaré en el puerto. Necesito hombres que confíen en mí. ¿Te queda claro?

—Es que pensé que se estaba dejando llevar por los sentimientos y los corsarios tenemos que dejar el corazón en el puerto, señor.

—Mi corazón viaja conmigo, Mustafá. Nunca olvides lo que nos ha enseñado el profeta. Hay que dejar un hueco en nuestros corazones para la caridad, para hacer el bien a nuestros semejantes. Alá es grande y más su sabiduría, Mustafá. Si no estás conforme con lo que te he dicho, eres libre de hacer lo que quieras.

El contramaestre guardó silencio y fijó el rumbo hacia las costas de África.

***

A medida que iba capturando naves y esclavos, su fama se fue extendiendo por los puertos del Mediterráneo y del Atlántico. Cada vez que salía del puerto, regresaba con uno o dos veleros capturados y con multitud de esclavos para vender en los Baños de Argel.

En diciembre de ese mismo año, Alí Romero llegó a las costas de Lisboa. Llegaron hacia el anochecer y fondearon a setenta millas de la capital, alejados de los cañones de las fortalezas y de las naos lusitanas. Al aclarar el día, uno de sus marineros divisó en la lontananza un gran barco que se aproximaba por estribor; al mismo tiempo, vieron otra nave que claramente era pirata.

Las dos naves piratas dirigieron sus proas hacia el mismo objetivo, como si estuvieran siguiendo un plan preconcebido. Alí Simón navegó haciendo zigzag por estribor y el otro barco pirata, por babor. Se empezaron a oír los primeros cañonazos procedentes del navío que iba a ser asaltado, pero los proyectiles pasaban por una y otra banda sin alcanzar el casco de los barcos que los atacaban.

Sin esperar ninguna señal, los piratas se colocaron en sus posiciones para comenzar el abordaje, solo estaban a cincuenta metros del navío inglés. La proa del barco de Alí se dirigía hacia la banda de estribor y, cuando quedaban no menos de veinte metros, el corsario viró en redondo dejando su embarcación abarloada al barco enemigo. Los piratas saltaron hacia la cubierta mientras por el lado de babor el otro pirata hacía lo propio y abordaba con su proa el costado izquierdo del navío inglés. En pocos minutos una tumultuosa acción dominó toda la cubierta del barco junto con los gritos en multitud de idiomas, sonidos de arcabuces, pistolas y sables. No había transcurrido una hora cuando los piratas ya tenían

81

controlada la nave. Alí Simón se dirigió despacio hacia la popa del barco, se encontró con el otro corsario que lo había ayudado a reducir al barco inglés y le dijo:

—Me llamo Alí Simón Romero, aunque muchos me conocen como Alí el Canario.

—Yo, Coralí.

—He oído hablar de ti en el puerto de Argel —le dijo Alí.

—Tu nombre también es conocido en los mares y puertos por los que navego. He oído que navegaste con el gran El Kaid hasta que murió en un enfrentamiento en Berbería.

—Sí, El Kaid era un gran hombre. Que Alá lo tenga en su gloria. Todo lo que sé lo aprendí de él, pero tenemos que discutir cómo nos repartiremos este sustancioso botín. Es la primera vez que atrapo a un mercante en colaboración con otro corsario.

—La mitad para ti y la otra mitad para mí, ni más ni menos —sentenció Coralí.

Alí Simón pensó que ese porcentaje era justo porque ambos habían colaborado de igual forma para abordar el navío.

—Pues así será. Es lo justo.

Alí dio un paso adelante y llamó al capitán. Cuando lo vio, dedujo que era inglés y que habían abordado un barco de esa nacionalidad.

—Bueno, tenemos muy poco tiempo. ¿Qué llevas a bordo?

—Pasajeros y mercancías —le contestó en un castellano enrevesado y arrastrando las erres.

—Qué poco explícito. Necesitamos más información, capitán, y sé que usted la tiene. No quiero enfadarme porque, cuando lo hago, los tiburones salen ganando.

Al decir esto, salió de la multitud una voz que decía en perfecto castellano:

—Exijo que deponga sus armas y nos deje seguir nuestro rumbo. Le hablo en nombre de la Corona de Castilla.

—¿Con qué alta representación tengo el placer de hablar? —preguntó Alí Simón a la multitud.

—Con don Lorenzo Santos de San Pedro, Regente del Consejo de Sevilla, del Consejo Real, Señor de Baños y de la Orden de Santiago.

—Es un orgullo, señor —le dijo irónicamente mientras le hacía una burlesca reverencia—, pero no olvide usted que en estos mares los títulos y nombres reales de poco valen. Se suelen perder en las profundidades del mar. Aquí sobran las leyes de los hombres y sirven las leyes de los corsarios y piratas. No obstante, le diré a vuestra merced que tendrá la oportunidad de hacer valer su nombre y títulos a la hora de pedir rescate. Los corsarios somos muy comprensivos.

—Pero, ¿cómo es posible que un español de cuna haya caído tan bajo para dedicarse al robo y al soborno? —le preguntó el noble con cara de asombro.

—Muchos en Castilla hacen lo mismo: roban, sobornan y matan. La única diferencia es que ellos están bendecidos por la Corona de Castilla. Nosotros, los renegados, como mi amigo Coralí y yo, lo hemos hecho no por avaricia, sino por simple supervivencia. No nos han dejado otra salida que dedicarnos al corso.

—Pero la Corona...

—¡Basta de verborrea! —cortó el canario con severidad—. Tendrá usted todo el tiempo del mundo para exponer sus demandas, ahora preocúpese de buscar el oro y la plata suficientes para evitar que acabe con sus huesos en una galera. Nos espera un gran camino hacia Argel.

—¿Usted cómo se hace llamar? No quiero olvidar su nombre.

—Alí Simón, más conocido por Alí el Canario.

—Ah, así que es usted. Me habían hablado de que un canario renegado estaba poniendo a los pies de los caballos el nombre de Castilla y de Canarias.

—No se preocupe de mis hazañas ni de mi fama, ambas son efímeras; preocúpese de su cuello. ¡Mustafá! Sabes lo que hay que hacer. No te olvides de nadie. Que no les falte ni agua ni comida.

Se acercó a Coralí y le comentó:

—Hemos hecho una gran captura, amigo. Este apresamiento nos dará muchos beneficios. No todos los días se captura a un regente de Castilla. Cuando lleguemos a Argel, hablaremos de negocios. Podemos hacer una fiesta en mi casa para celebrar este éxito.

—Sí, amigo, cerraremos el reparto en Argel e iré a esa fiesta con mucho gusto. Hace tiempo que necesito un buen descanso.

La captura del Regente del Consejo Real de Sevilla le reportó grandes beneficios y acrecentó su fama en los puertos del Mediterráneo y del Atlántico. Era más que respetado en Argel.

Celebró una gran fiesta en el nuevo palacete que había adquirido a las afueras de la ciudad de los corsarios a la que asistieron los más reputados corsarios y piratas de Argel y los más altos representantes de la ciudad. Alí Romero se sentía feliz y orgulloso.

Hermano de sangre

En uno de esos tiempos de descanso, le llegaron noticias de que su hermano Salvador había sido apresado por un navío francés después de una cruenta batalla frente a las costas africanas en la que había perdido la pierna derecha de un cañonazo.

Sentado en el salón del nuevo palacete que había adquirido hacía pocos meses, recordó la primera vez que su hermano llegó a Argel con la pretensión de dedicarse a la piratería. Alí Simón intentó persuadirlo ofreciéndole un barco de pesca para que regresara a Gran Canaria y se dedicara a la pesca de cabotaje, con la que podría sostener a su familia y ganarse la vida honradamente. Pero Salvador rehusó y le preguntó:

—¿Tú me dices que me dedique a ganarme la vida honradamente cuando eres uno de los mayores corsarios del Mediterráneo y de la costa africana? ¿Por qué no puedo ser como tú?

—Yo no tuve opción. La vida me llevó a lo que soy hoy. Te estoy ofreciendo una alternativa que yo no tuve. Si la hubiese tenido, estaría en Gran Canaria dedicándome a la pesca.

—Olvídate de mí, hermano. Déjame seguir mi camino. Mi destino está escrito en el mar y ni tú ni nadie me hará cambiar de opinión —le respondió su hermano con arrogancia.

—No voy a ser yo quien te impida hacer con tu vida lo que quieras, pero te estoy ofreciendo una salida digna con la que puedes tener un futuro tranquilo y, además, ayudar a nuestros padres.

—Gracias por el ofrecimiento, pero ya he tomado una decisión. Volveré a embarcarme en el primer barco que me acepte.

—Eres un insensato. Te estoy ofreciendo la posibilidad de vivir tranquilo el resto de tu vida. Si te dedicaras a la pesca de cabotaje, podrías mantener no solo a tu futura familia, sino a tus padres. El riesgo sería mínimo. Sabes mejor que yo que pescar a unas cuantas millas de Gran Canaria no supone ningún riesgo.

—¡Qué fácil es hablar desde este magnífico palacete! —le echó en cara su hermano—. La vida de un pescador es muy dura y lo sabes. No quiero pasarme la vida salando pescado y oliendo a vísceras podridas.

Desoyendo los consejos de su hermano menor, aprovechó un viaje de Alí Simón a Turquía para apostatar tomando el nombre de Mustafá Arráez y se enroló en un bajel para dedicarse a la piratería.

La voz de uno de sus sirvientes lo sacó de sus pensamientos. Alí Romero sopesó dejar a su suerte a su hermano, pero no lo hizo. Era sangre de su sangre y un buen musulmán, no debía dar la espalda a los suyos.

Así que movió los hilos necesarios para gestionar su libertad, pagó el rescate y en menos de un mes lo tenía a su lado. Lo hospedó en su casa y un día, dos semanas después su rescate, durante la cena volvieron sobre el asunto. Alí Simón le dijo:

—Salvador, es necesario que regreses a Canarias —le dijo con el gesto muy serio.

—Llámame Mustafá. Sabes que soy musulmán, como tú.

—Está bien, hermano Mustafá. Repito, tienes que volver con nuestros padres. Ellos te necesitan. Además, tienes una pierna menos. Nadie te querrá como corsario. Un mutilado no es un buen marinero y no es bien recibido en un barco. Tu aventura ha terminado.

Su hermano dejó los cubiertos encima de la mesa y dijo:

—Quizás quien debería volver con nuestros padres eres tú, Alí. Tienes dinero suficiente para mantenerlos durante lo que les queda de vida. Además, deja de meterte en mi vida. Soy el único responsable de mis actos.

—No creas que no lo he pensado. Volver a Gran Canaria. Muchas veces sueño con ello. Estar tranquilo y dedicarme solo a vivir, pero eso solo son sueños. Ya no puedo regresar. Cuando ponga un pie en Las Palmas me detendrán, me juzgarán por hereje y me quemarán en una pira en cualquier plaza pública. En cambio, tú sí puedes regresar. Nadie te conoce y tu cabeza no tiene precio. Eres libre de volver. Solo te esperan nuestros padres.

—No voy a volver, hermano. Tengo pensado enrolarme cuando que pueda. Quiero hacer fortuna como tú, tener un palacete como este, retirarme con siete esposas y vivir como un bajá. Ese es mi sueño y no dejaré de perseguirlo.

Alí Simón no comprendía el empeño de su hermano en seguir siendo un pirata. No había forma de hacerlo cambiar de opinión.

—La vida no es tan fácil. Yo he tenido suerte, mucha suerte. Tuve el honor de aprender con uno de los corsarios más sabios que ha dado Argel y, aun así, una bala de cañón le rompió el corazón en dos pedazos. A ti te han dado un primer aviso. Aprovecha la oportunidad que te ofrezco y vete, regresa con nuestros padres.

—No, Alí. Agradezco tu oferta, pero tengo un buen presentimiento. Sé que llegaré muy lejos. Llegaré a ser más importante que tú, mi nombre será recordado y cantado por los bardos de los pueblos del Mediterráneo.

—No te lo repetiré más. Eres dueño de tu destino. Lo que sí te digo, para que lo tengas claro, es que no volveré a pagar un rescate por tu vida. Si te vuelven a apresar, atente a las consecuencias, Mustafá.

—Lo sé. No te preocupes, pronto te pagaré hasta la última onza de oro o plata que has pagado por mí. No me gusta tener deudas y menos contigo.

—Eres mi hermano y no te cobraré por tu rescate. Sería una indecencia. Comamos.

—No quiero tu caridad, Alí. Te pagaré lo que te debo.

Alí Romero no le contestó y siguieron comiendo. El corsario tuvo el presentimiento de que esa sería la última vez que vería a su hermano y se entristeció. No comprendía su actitud y su afán de alcanzar los éxitos que él había logrado.

Le dijo que no lo volvería a rescatar y cumplió su palabra. Al año de su primer rescate, volvió a ser apresado, esta vez por un navío de guerra español. Fue condenado por la Inquisición de

Granada, que intentó en vano canjearlo por algunos cristianos cautivos al conocer que su hermano era un famoso corsario.

La misiva del obispado de Granada le llegó a través de un monje trinitario que estaba en Argel preparando una de las múltiples redenciones que realizaron en aquella ciudad.

Alí lo recibió una tarde en el salón de su palacio. El monje era un muchacho joven de apenas veinte años. Llevaba una túnica blanca con una gran cruz roja y azul a la altura del pecho y un enorme rosario que iba desde la cintura hasta la rodilla izquierda.

El trinitario entró despacio, siguiendo a Francisco, uno de los sirvientes canarios del corsario, que lo llevó hasta donde estaba Alí Simón.

—Buenas tardes, señor. Que Dios bendiga esta casa y a toda su familia.

—Gracias. Que Alá también los bendiga a usted y a los suyos.

El corsario lo invitó a sentarse y luego le indicó a Francisco que le sirviera un té caliente con yerbabuena y un poco de azúcar moreno.

—Estoy aquí en representación del Episcopado de Granada con el fin de hacer realidad un intercambio de cautivos. Le hago entrega de la carta personal del señor obispo de Granada —le dijo dándole la carta a Alí Romero—. Si quiere, se la puedo leer si no cuenta usted con ese privilegio.

Alí no le contestó, cogió la carta y la leyó. Al terminar, le dijo al joven monje:

—No es la primera vez que pago por la liberación de mi hermano y esta vez no lo voy a hacer.

—Esta vez se trata de un simple intercambio. Usted es un hombre de mucha influencia en esta plaza, señor Alí Romero, y no tendrá ninguna dificultad para que pongan en libertad a los diez cautivos granadinos que están presos en los Baños.

Era cierto lo que decía el joven religioso. Él no tendría ningún problema para hacer que liberasen a los cautivos que se relacionaban en la carta del obispo. Ese no era el problema.

—Sé que no tendría dificultades en hacer lo que me pide el obispo. Esta misma tarde tendría resuelta la cuestión. Usted lo sabe; si tienes dinero suficiente, puedes liberar a quien te propongas. Sin embargo, señor, ese no es el caso, tengo las influencias y dinero suficientes para hacer esa gestión, pero, como le digo, no lo voy a hacer.

—Pero ¡por Dios Santísimo! Es su hermano, sangre de su sangre. Usted sabe mejor que nadie que, si no accede a ese intercambio, es muy probable que lo condenen a morir en la hoguera por hereje o que muera en una galera del reino de Castilla.

No hacía falta que el fraile le dijese lo que él sabía. Alí se levantó, cogió la taza de té y tomó un sorbo. Luego le contestó:

—No voy a permitir que usted me juzgue y menos en mi propia casa. Mi hermano es el único responsable de su actual situación. Lo que usted no sabe es que le rogué, por no decir que le supliqué, que dejara de jugar a ser un corsario y más después de que perdiese una pierna en un enfrentamiento con un navío. Pagué su rescate, logré traerlo hasta estas tierras, pero no lo convencí para que regresase a mi tierra, a Canarias. Desoyó mis consejos, incluso mi dinero. Le juré que, si lo volvían a capturar, no intercedería por él y eso es lo que haré. Mi hermano es un necio que se merece lo que le ha pasado. La arrogancia, la envidia y la avaricia son malas compañeras de viaje. Al final te acaban comiendo las entrañas.

El trinitario terminó de tomar el té porque sabía que sería lo único caliente que tomaría en mucho tiempo, se levantó y dijo:

—Veo que no hay nada que negociar. Usted abandona a su hermano a su suerte. Por lo que he comprobado, nunca lo acompañó la buena estrella. Solo le digo que, si cambia de opinión, en dos días partiremos. Ya sabe dónde encontrarnos. Muchas gracias por recibirme y que Dios Padre vele por sus actos y por su familia.

Alí Simón permaneció en silencio. Después le dijo al monje:

—Que Alá lo acompañe, señor.

Dio dos palmas, entró Francisco y le dijo:

—Francisco, prepara nuestra carreta y lleva al trinitario hasta el puerto.

—Gracias, señor Alí Romero.

El corsario se volvió a sentar y se sirvió un poco de té. La imagen de su hermano volvió a su cabeza como si fuera un fantasma del pasado. Se sintió triste porque no le gustaba lo que estaba haciendo. Una parte de él le gritaba que fuera en ayuda de su hermano, que lo salvara de una muerte segura, pero otra le decía que su hermano tenía solo lo que se merecía, que si volvía a rescatarlo nunca se lo agradecería. Volvería a embarcarse en otra aventura corsaria guiado por su soberbia y su codicia y jamás reconocería su ayuda porque su orgullo se lo impediría.

Después de su encuentro con el monje trinitario no supo más de su hermano Salvador hasta que tuvo noticias suyas por un pirata francés que le había solicitado trabajo. Este le contó:

—Supe quién era cuando me reveló que era el hermano del gran Alí el Canario. Estuvimos remando juntos, hombro con hombro, durante casi un año en un galeón francés. Durante esas largas jornadas en las que remábamos hasta la extenuación, hablamos de usted y de su empeño en que dejara de ser un pirata. Me confesó que estaba arrepentido y que tenía que haber seguido su consejo y aceptar el ofrecimiento que le había hecho.

»Al final supo que estar en una galera era la peor condena que le podía caer a un hombre porque con el tiempo, si no te liberaban, perdías la vida sin remedio. Estás remando un día sí y el otro también, sin descanso. Ves amanecer remando y, al anochecer, sigues remando. Así día tras día. Después están los latigazos de los cómitres, que te arrancan la piel a tiras. Están vigilando y prestos a usar el látigo que hacen sonar continuamente para recordarte que, si osas pararte, sonará como un rayo en tu espalda. Y, para mantenerte como un muerto en vida, te dan un mendrugo de pan mojado con vino o vinagre y, en el mejor de los casos, un bocado de gachas de cebada con aceite de oliva. Cuando fui liberado, tu hermano estaba famélico, casi sin fuerzas para tirar de los remos. Al dejar aquella galera inmunda, ya casi no se podía valer por sí mismo. No creo que haya sobrevivido. Pocos sobreviven a las galeras.

Alí escuchó el relato con el semblante serio y acongojado, pero su hermano había decidido seguir los designios de la ambición y la codicia y esos caminos terminan en la perdición.

Alí pensó en su hermano y la tristeza lo invadió porque creía que podía haber pagado su rescate y quizás lo hubiera convencido para que volviera junto a sus padres. Se lo había comido su propio orgullo. Se encerró en su habitación, rezó por él y rogó a Alá que lo mantuviera con vida. Sin embargo, no volvió a saber nada de él nunca más.

El obispo

El obispo Bartolomé García Ximénez Rabadán estaba en sus aposentos de la sede episcopal y escribía una carta a su hermano.

Querido Mateo:

Gracias a Dios, he llegado a la sede episcopal de esta Diócesis de Canarias y Rubicón en Gran Canaria después de dieciséis meses de infortunio tras infortunio. Te escribo para que quede constancia porque, cuando lo cuento, no se cree. Pareciera que este viaje estaba gafado por el maligno desde mi nombramiento como obispo.

Salimos de Cádiz el 5 de julio de 1665 en una saetía genovesa bien arbolada con tres palos y seis inmensas velas cuadras que casi hacían volar a la nave. Los primeros días parecía que íbamos con un buen rumbo. Entonces, el capitán nos informó de que se había propasado de la ruta y habían llegado a las Azores, pero todavía teníamos oportunidad de rectificar y retomar el rumbo correcto. Recuerdo que lo busqué en la cubierta y le pregunté:

—Pero, ¿cómo nos hemos propasado de la ruta, maese? ¿Usted no es un hombre de mar?

—Ha sido un error de lectura, Ilustrísima.

—¿Un error de lectura? No lo entiendo.

—De lectura de las estrellas. Llevamos cinco noches navegando con el rumbo equivocado, pero he rectificado y vamos rumbo a las Canarias.

—Eso espero, porque tengo que estar en las Islas en la fecha prevista para tomar posesión de mi cargo. Hay mucho trabajo que hacer en esas ínsulas.

—No se preocupe, señor obispo, llegaremos tres o cuatro días más tarde de lo previsto, pero no más.

Recé con todas mis fuerzas para que esto así fuera, pero Dios, que es misericordioso, no oyó mis rezos porque llegamos sin remedio a las costas de la misma África, donde casi fuimos presa de los corsarios berberiscos que navegaban por esas costas de infieles.

Ante este panorama, volví al encuentro del capitán y le dije observando la tierra que se veía en el horizonte:

—Por fin hemos llegado.

El capitán no me contestó y siguió aferrado a su timón.

—Capitán, ¿no me ha oído? ¿Hemos llegado?

El maese soltó el timón y me contestó con el gesto serio:

—No, Ilustrísima, esa tierra que ve al frente es África y esos barcos que ve más allá del horizonte son corsarios y piratas.

—¡Jesús, María y José! ¿Corsarios y piratas? ¡Dios nos coja confesados! No quiero terminar con mis huesos en los Baños de Argel.

—No se preocupe, no nos han visto y nos estamos alejando de ellos.

—¿Que no me preocupe? Déjeme que le diga, capitán, que jamás pensé verme en esta situación. Este barco y este viaje están gafados. Deduzco que se ha vuelto a equivocar. A este paso llegaré a Canarias para celebrar la Natividad de Jesucristo, nuestro Señor.

El marinero guardó silencio como si no supiera qué contestar. Creo que era consciente de que se había perdido.

—¿Otra vez las esquivas estrellas? —le pregunté con sorna.

—La navegación es una ciencia muy complicada, señor obispo. No solo hay que leer de forma correcta los rumbos en las estrellas, sino también conocer las corrientes y saber interpretar bien la cartografía. Estoy convencido de que la lectura del cielo nocturno ha sido la correcta. Esta vez la corriente nos ha ido desplazando hacia la costa africana sin apenas darnos cuenta. Es un proceso casi invisible que te lleva sin remedio hacia otro rumbo. Eso es lo que nos ha pasado.

—¿Qué me está diciendo? ¿Que nos hemos pasado de largo las Canarias?

—Mucho me temo que sí, Ilustrísima, pero no se preocupe. Según mis cálculos, las Islas están al norte. Estoy navegando hacia ese rumbo, en varios días estaremos en el puerto de Las Palmas.

—¡Por Dios bendito! —grité del asombro—, llevamos navegando veinticinco días cuando pensábamos llegar en diez o quince a las Islas Afortunadas. Usted mismo me lo dijo.

—Señor obispo, la situación está controlada, ahora sí llevamos el rumbo correcto.

—No sé yo si lo llevamos, capitán. No me fío de sus conocimientos náuticos. Se ha equivocado en dos ocasiones. Cada vez tengo más dudas de que usted logre llevarnos a buen puerto. Solo nos queda rezar y que Dios Padre lo sepa guiar entre las estrellas y las corrientes marinas porque de otra forma acabaremos en el mismísimo infierno.

El capitán trató de volver a las Canarias, pero los fuertes vientos lo obligaron a poner rumbo a América. Sí, a América, Mateo. El maese nos reunió en cubierta y nos dijo con tono serio y lastimero:

—Tengo que darles una mala noticia.

Un murmullo recorrió de lado a lado el grupo y el maese continuó con su perorata:

—Las fuertes corrientes del norte nos impiden llegar a las Islas y, si a esto le unimos el poco viento que está soplando, el barco no puede navegar ni una milla más rumbo a las Islas. Por tanto, he decidido seguir el camino que marca la corriente, que sin duda nos llevará hacia América.

—¿América? —le pregunté casi gritando—. ¿Usted se ha vuelto loco, capitán? Le exijo que cumpla con el plan establecido y regresemos a las Islas Canarias.

—Es imposible. Las corrientes nos lo impiden. Además, en este punto es más fácil llegar a las Américas que a alguna isla de Canarias, sin mencionar que podríamos morir en el intento. Así que esa es la decisión.

Esperé a que se dispersase el grupo y fui directo a hablar con él:

—Este viaje no está gafado, señor, es usted un incompetente que no sabe lo que tiene entre manos. Presentaré una queja formal a su armador y me ocuparé de que no vuelva a patronear un barco. Qué digo barco, ni una chalana. Usted no es consciente del daño que está haciendo a la Iglesia. Con su falta absoluta de criterios náuticos, ha dejado de la mano de Dios a un sinfín de feligreses que estaban esperando con ansia la toma de posesión de su nuevo obispo.

—No puedo luchar contra los elementos.

—¿Los elementos, señor? No se crea usted Felipe II. Usted perdió el rumbo desde que salimos de Cádiz y no tiene ni idea de dónde tiene la mano derecha, menos va a saber cómo llegar a las Islas Canarias. Ruego a Dios Padre que nos guíe, que él coja el timón y nos lleve a buen puerto.

Nos encomendamos a Dios Padre cuando los víveres comenzaron a escasear. Nos volvió a reunir en cubierta y esa no era una buena noticia. Miré a mi alrededor y estábamos todos. Solo entonces comenzó a hablar:

—A partir de hoy comenzamos a racionar la comida a razón de ocho onzas cada veinticuatro horas. Con el agua se actuará de igual forma, medio vaso tres veces al día. Los marineros podrán beber el doble, ya que están trabajando y necesitan el agua para seguir con sus tareas.

Al oír sus palabras le dije con tono de enfado:

—A todas luces la situación va de mal en peor. No solo estamos perdidos en estos mares de Dios, sino que, además, le vamos a añadir las penurias del hambre y la sed. Como dicen en mi tierra: como éramos pocos, parió la abuela. Por lo menos díganos que llegaremos a las costas de América, aunque sea muertos de hambre y de sed.

—No exagere, Ilustrísima, el rumbo es el correcto y en pocos días estaremos en las tierras que Colón descubrió.

—Dios le oiga y que lo haga pronto porque, si a los hechos nos atenemos, llegaremos a la China del ilustre Marco Polo sin remedio.

Rezaba todos los días para que el mal fario por fin nos abandonara y las garras del maligno soltaran por fin nuestro barco.

Dios oyó mis súplicas y nos envió al navío *La Trinidad* —el Padre, el Hijo y el mismísimo Espíritu Santo— para salvarnos de un final incierto que podría haber acabado con una muerte segura.

Recibimos al capitán de *La Trinidad*, don Baltasar de Recuesta, en la cubierta de popa. Me acerqué y le dije con alborozo:

—Gracias a Dios que nos hemos encontrado con ustedes; si no hubiera sido de esa manera, hubiéramos perecido. Casi no nos quedaba comida ni agua.

—¿Qué parte de América tenían por destino vuestras mercedes?

—Señor capitán —le dije tomando la palabra de nuevo—, nuestro destino primigenio eran las Islas Canarias...

—¿Las Islas Canarias? Pero ¿cómo han llegado hasta aquí? ¿Se encontraron alguna tormenta que los alejó de su destino?

El capitán de la saetilla permanecía en silencio, sabiendo que lo que les había pasado no tenía ninguna explicación.

—No —le contesté con ironía—. Aquí nuestro supuesto capitán, rey de los Mares del Sur, se equivocó de rumbo y llegamos a las Azores. Luego, llegamos a África, pasamos de largo por las Canarias y las corrientes marinas nos obligaron a seguir hasta las Américas. Toda una odisea que merecía ser escrita por el mismísimo Homero y formar parte de los anales de la historia de la navegación.

El capitán del navío dijo:

—Ahora están a salvo. Según nuestros cálculos, estamos a dos días de la isla de Puerto Rico. Allí podrán descansar y recobrar las fuerzas. Posteriormente, podrán embarcar en algún navío que vaya hacia Castilla que de seguro hará una escala en alguna isla canaria para hacer la aguada y reponer los víveres necesarios para seguir su rumbo.

—Espero que el Santísimo Señor le oiga y que lleguemos sanos y salvos a Puerto Rico porque bien es verdad que estamos exhaustos y necesitamos descansar para reponer las fuerzas necesarias para volver a navegar hacia las Islas Afortunadas.

—Descuide, Ilustrísima, está en buenas manos. Si quiere, disponemos de un camarote libre a bordo de *La Trinidad* en el que podrá dormir y reponer fuerzas hasta que lleguemos a tierra firme.

—No sabe cuánto se lo agradezco. Rezaré por usted cinco avemarías y cinco padrenuestros. *La Trinidad* es una bendición del cielo.

La alegría llenó nuestros corazones y pisamos la tierra firme de la isla de Puerto Rico el 9 de agosto del mismo año del Señor.

Después de reponer fuerzas, de alimentarnos como era debido, volvimos a hacernos a la mar para ir a tomar posesión de mi cargo en Canarias. El día marcado para la partida era el 10 de octubre y lo hicimos en una carabela que, cuando estuvo fuera del abrigo de las aguas calmas de Puerto Rico, era muy mala para navegar. Entonces, echamos de menos la saetía genovesa.

Después de cinco días de navegación, recorrí la cubierta agarrándome de cualquier elemento que encontraba en mi camino. Busqué al piloto de la nave y lo encontré junto al timón. Me dirigí hacia él y le pregunté:

—¿Por qué este barco se mueve tanto, maese?

—Las carabelas son naves muy marineras, Ilustrísima. Son valientes y navegan bien, pero se mueven mucho. ¿Qué me dice de Colón? Él utilizó tres como estas para descubrir las Américas. Bien es cierto que son barcos diseñados para marineros con mucha experiencia, gentes de la mar que están acostumbrados al viento y las olas. Los pasajeros sin experiencia marina lo pasan mal. En mi camarote tengo unas bolsas con raíz de jengibre. Le vendrá bien. Es infalible contra los mareos. No dude en coger un trozo y mascarla. Le resultará picante, pero aguante el picor. Mucho me temo que el mar se está poniendo bravo. ¿Ve aquellas nubes negras en el horizonte, cómo sopla el viento y las olas comienzan a romper en la proa?

—Sí, capitán, las veo —le dije con cierto temor.

—Pues eso barrunta tormenta y muy fuerte. Cuando nos alcance, nuestro barco se convertirá en una cáscara de nuez a merced del viento y de las olas. Rece lo que sepa, Ilustrísima. Pídale a Dios que nos saque de esta. Usted sabe más que yo de rezos y plegarias. Nosotros intentaremos mantener el barco a flote, que no nos vayamos al fondo y seamos pasto fresco para los tiburones.

—Pero Santísimo señor Jesucristo —imploré mirando al cielo—, ¿qué he hecho yo para merecer esto? ¿Qué más pruebas tengo que pasar para demostrarte que soy merecedor de tal destino?

—Ya conocí su historia en el puerto. ¡Vaya travesía, Ilustrísima! De Cádiz a las Canarias, pasando por las Azores, África y Puerto Rico. Sepa que el patrón era un novato. Era la primera vez que hacía un viaje como ese.

—¿Un novato? ¿Pero cómo ponen en manos de un inexperto una responsabilidad de tanta envergadura?

—Ya sabe eso que dicen: «Cortando huevos, se aprende a capar» y una vez tiene que ser la primera. Pero no lo culpe a él. La responsabilidad es del armador que puso el timón en sus manos conociendo que el mozo no tenía ninguna experiencia. Hay armadores que son unos irresponsables y, por ganarse unos cuartos, son capaces de cualquier barbaridad.

—¿Usted no será un primerizo? —le pregunté con temor ante el panorama que nos venía encima.

—¿Tengo aspecto de serlo, Ilustrísima?

Lo miré de arriba abajo y observé con detenimiento su aspecto. Tenía el cabello cano, una barba que le llegaba al pecho y una gran cicatriz que le cruzaba el ojo derecho y se perdía en la barba.

—No, parece usted un hombre versado en estos menesteres.

—Me subí en una barca con apenas tres años. Mi padre era pescador, señor obispo, y desde entonces no he dejado de navegar. A los veinte años comencé a llevar un barco de pesca y a los veinticuatro crucé el Atlántico llevando una carabela como esta y no he parado de ir y volver de Cádiz a América y viceversa.

—Podemos estar tranquilos porque estamos en buenas manos.

—Lo primero que tiene que aprender un marinero, Ilustrísima, es que en el mar nunca puede estar tranquilo. El mar es una fiera que la mayor parte del tiempo está dormida, pero cuando despierta hay que estar preparado. Se está despertando, así que baje y no salga a cubierta hasta que la tormenta se calme. Y recuerde lo del jengibre, le hará falta.

La garra del maligno seguía haciendo de las suyas. Estaba decidido a que yo nunca llegara a las Islas a asumir la insigne tarea del obispado de las Islas Afortunadas y a que pereciera en las profundidades del océano. Sí, Satanás estaba detrás de la tormenta que nos arreció en medio del mar. Recordé las palabras del capitán y el símil de la cáscara de nuez. La nave se movía de un lado a otro, lo que hacía que fuera imposible mantenerse en pie. El lugar más seguro eran las hamacas, nos mantenían alejados de nuestros enseres, que iban de una banda a otra del barco sin orden ni control. El jengibre hizo que el malestar producido por los mareos casi no existiese y que los vómitos no aparecieran. Algunos pasajeros que rechazaron tomar la raíz medicinal fueron presa de las náuseas y de los vómitos incontrolados.

La tormenta pasó, la calma volvió. Subí a la cubierta y comprobé los estragos que el viento y las olas habían hecho sobre la carabela. Busqué al capitán y lo encontré amarrado mediante un cabo al timón. Parecía un animal herido o un padre que había perdido a un hijo. Me acerqué y le pregunté:

—¿Qué nos ha dejado la tormenta?

Se demoró unos instantes en contestarme. Se giró, soltó el cabo que lo mantenía sujeto al timón y me dijo con la mirada perdida en los tablones mojados de la cubierta:

—He perdido a tres de mis hombres. Una ola gigante los arrastró y los perdimos para siempre.

—¡Por Dios bendito! ¡Qué Dios Padre los tenga en su gloria!

—Además, una de esas olas gigantes arrancó de cuajo la pala del timón. Así que estamos sin gobierno, a la deriva, a merced de las corrientes marinas que nos llevarán no se sabe a dónde, Ilustrísima.

No podía creerme lo que estaban oyendo mis oídos. Una vez más el maligno había puesto su zarpa pestilente en mi camino, así que le pregunté al experto capitán:

—¿No hay ninguna solución para recuperar el gobierno de la nave?

—Haberla, *hayla*, señor obispo. Consiste en construir un timón de fortuna, que como su nombre indica es un timón que nos servirá para paliar en algo la deriva, pero estamos en manos de la fortuna y en manos de Dios. Así que ahora sí le pido que rece, Ilustrísima, rece con fuerza porque necesitamos más que nunca la ayuda de Dios Todopoderoso.

—Rezaré hasta quedarme sin voz, se lo aseguro. Usted intente hacer ese timón de fortuna, yo me encomendaré a Dios.

A mediodía rezamos el Santo Rosario por las almas de los tres marineros fallecidos. Luego seguimos rezando. El capitán tomó la decisión de racionar la comida y el agua porque no sabíamos el tiempo que íbamos a estar perdidos en alta mar.

Volví a implorar a Dios que enviara a la Santísima Trinidad para derrotar al maligno y escuchó mis plegarias porque a los pocos días divisamos una flota de barcos mercantes de bandera inglesa que nos rescataron. Nos pidieron lo que no estaba escrito por el rescate y tuvimos que pagarles mil quinientos pesos y el cáliz, la patena, el pectoral, el anillo y hasta las cajas de tabaco. Es sabido que los luteranos no son buenos cristianos y que, a muchos, como a estos ingleses, los mueve más la pura avaricia que ayudar al prójimo.

Llegamos a Tenerife el 29 de diciembre de 1665, casi seis meses para pisar tierras canarias. Estuve convaleciente durante algún tiempo, muchos formalizaron las correspondientes apuestas diciendo que no llegaría a la Epifanía del Señor. Sin embargo, Dios es misericordioso y me dio la salud y las fuerzas necesarias para seguir con mi responsabilidad pastoral.

Después tuve que viajar hasta el pueblo tinerfeño de Garachico para resolver una revuelta protagonizada por unos clérigos que protestaban por cuestiones relacionadas con el vino de Malvasía. Los viticultores temían que los ingleses se hicieran con toda la producción y explotasen el mercado del vino bajo un monopolio absoluto. Tuvo que intervenir la Capitanía General para sofocar la revuelta, pero entremedias los viticultores, disfrazados de clérigos, más de trescientos, asaltaron las bodegas de los ingleses y acabaron de un plumazo con su afán monopolista.

Satanás no me había borrado de su maléfica lista, querido hermano, y me tenía preparada la mayor prueba a la que he sido sometido en mi larga vida. Después de oficiar las misas correspondientes al día de Todos los Santos, me dispuse a cenar y, como sabes, Mateo, tengo devoción por los huevos pasados por agua que para mí son un manjar de reyes. Mi secretario particular me sirvió la cena. Los dos huevos venían abiertos por su parte superior porque así los preparaba el cocinero y me dispuse a dar buena cuenta del primero. Le puse algo de sal, lo sorbí y luego terminé de comérmelo con algo de pan, ayudado de una cucharilla de plata. Estaba delicioso, en su punto exacto. Con el segundo procedí de igual forma. Sin embargo, al sorberlo noté un gusto extraño, agrio, como si estuviera en mal estado y me alarmó comprobar que la cucharilla plateada se había quedado de un gris oscuro casi negro. Asustado, llamé a mi secretario haciendo sonar la campanilla y dando gritos:

—¡Miguel, Miguel!

Entró como alma que lleva el diablo en el comedor porque no solía llamarlo de forma tan alarmista y me preguntó:

—¿Qué ocurre, Ilustrísima? ¿Se encuentra bien?

—Creo que este huevo está en mal estado o le han echado algo.

—¿Qué me está diciendo? ¿Que lo han intentado envenenar? —me dijo cogiendo el huevo y llevándoselo a la nariz para olerlo—. Esto no huele nada bien, Ilustrísima. ¿Ha ingerido algo del huevo?

—Sí, Miguel. Solo un sorbo, no más.

—Intente vomitar, Ilustrísima. Métase los dedos en la garganta y provóquese el vómito. Es la única forma de expulsar el posible tósigo.

Intenté hacer lo que me había dicho mi secretario, pero lo único que conseguí fue provocar tres o cuatro arcadas que no consiguieron el fin que buscaba. Entonces, Miguel me dijo:

—Con su permiso, Ilustrísima, póngase de rodillas, tendré que meterle yo los dedos. No veo otra forma de hacer salir la ponzoña que tiene en el estómago.

Le hice caso sin demora porque algo dentro de mí me decía que mi vida dependía de ello. Así que me arrodillé y Miguel metió los dedos en mi garganta tan profundo que, después de la primera arcada, eché el primer vómito. Respiré para recuperar la compostura y oí que mi secretario me decía:

—Hay que repetir la operación, Ilustrísima, hay que dejar limpio el estómago.

Me dejé hacer, Mateo, y vomité en cinco ocasiones hasta que no había nada dentro de mí. Bebí un poco de agua para enjuagarme la boca y la escupí porque no me fiaba de nada ni de nadie, solo de mi secretario.

Miguel me llevó al médico que, gracias a Dios, vivía cerca y me aplicó una serie de antídotos que hicieron efecto. Me dijo que, sin lugar a dudas, lo que me salvó la vida fueron los vómitos que me provocó mi secretario, que expulsaron la mayor parte del veneno.

Después de las debidas averiguaciones, supimos que el veneno era solimán, un compuesto de cloro y mercurio que se utiliza para abrillantar el oro y la plata, pero que es mortal si es ingerido por el hombre.

Las pesquisas nos llevaron hasta un joven ayudante de cocina que reconoció que un clérigo le había pagado unas monedas de plata por intercambiar uno de los huevos por el envenenado. El mencionado clérigo había estado preso por rebeldía al estamento eclesiástico y, cuando cumplió su pena, urdió el malvado plan. Se le volvió a juzgar y fue condenado a muchos años de prisión. Después supe que se había escapado y que se había marchado de Gran Canaria.

Me han quedado secuelas del intento de envenenamiento, Mateo. Todas las mañanas me levanto con fuertes dolores de cabeza que se van aliviando a lo largo del día gracias a algunas infusiones que me recomendó el médico. También me han quedado de por vida unos eccemas en los antebrazos y pantorrillas que trato de paliar con una cataplasma compuesta de aloe vera que hace milagros.

Hoy por hoy, Mateo, la situación está tranquila y parece que Dios ha vencido al maligno y puedo dedicarme en cuerpo y alma a mi labor pastoral.

Que Dios Padre cuide de ti y de los tuyos. Espero verte pronto, hermano.

***

El obispo dobló las seis hojas que había escrito, las metió en un sobre, lo cerró y lo lacró. Dejó la pluma encima del escritorio y pensó en la odisea que había vivido hasta llegar a la sede del obispado, unos hechos que jamás olvidaría. Un fuerte suspiro se le escapó y se levantó de la mesa. Comprobó la hora en el reloj de péndulo y se dispuso a desayunar.

Después de una hora, comenzó a despachar los asuntos que tenía en su agenda. El secretario del prelado le indicó los temas que tenía que tratar esa mañana y le llamó la atención un asunto: «Situación de los canarios hechos esclavos en Argel. Converso Simón Romero Arráez, más conocido como Alí Simón o Alí el Canario».

Al terminar de despachar los seis primeros temas, llegó el asunto del converso. Entró una pareja de más de sesenta años. El secretario los invitó a sentarse en las dos sillas que estaban dispuestas delante del escritorio.

El obispo Rabadán esperó a que la pareja se acomodase y luego les dijo con interés:

—Ustedes dirán.

—Buenos días, señor obispo —comenzó a hablar el hombre—. Mi nombre es Miguel Quintana Martel y el de mi mujer, María Auxiliadora Márquez Morales. Estamos aquí para pedirle ayuda en relación con la liberación de nuestro hijo, Miguel Quintana Márquez, que fue hecho esclavo hace tres meses en las costas de Berbería. Sabemos que lo tiene esclavizado un renegado llamado Alí Simón, cuyo nombre de cristiano es Simón Romero Arráez, nacido y criado en la calle de Triana. Sabemos que sus padres viven y que residen en esa misma calle. Hemos intentado que ellos intercedan por nuestro hijo, pero no hemos conseguido ningún avance. Ellos dicen que no pueden hacer nada porque casi no tienen contacto con su hijo, aunque sabemos que están recibiendo dinero de él. Hemos pensado que quizás con la mediación de vuestra Ilustrísima podamos lograr que nuestro hijo quede en libertad. Nosotros somos gente pobre, sin ningún recurso, y tememos que ese moro del diablo termine vendiendo a nuestro hijo y no lo volvamos a ver. Sabemos que, de cuando en cuando, se hacen redenciones en las que se liberan a los cristianos hechos esclavos pagando y, como le hemos dicho, no tenemos ni dónde caernos muertos.

El obispo iba tomando nota mientras los viejos hablaban. Cuando terminaron, el obispo les dijo:

—Conozco el problema y sé que, si no hay dinero de por medio, la cuestión tiene difícil solución. También conozco la situación precaria de muchas familias de estas tierras que estamos intentando paliar con la caridad cristiana de los que más tienen. Lo primero que haré es entrevistarme con el padre del converso a ver si tengo mejor suerte que vuestras mercedes e intentaré buscar una solución que no sea otra que la liberación de su hijo.

—También conocemos a ocho familias que están en nuestra misma situación. Usted sabe que es común que se termine conociendo a personas que padecen el mismo mal y en nuestro caso así ha sido. Aquí tenemos una lista con los nombres de los cautivos en Argel de todas las familias con las que hemos contactado —le dijo Miguel Quintana.

El obispo cogió el papel y lo leyó con tranquilidad. Levantó la cabeza y les dijo:

—Hoy mismo redactaré una carta dirigida al padre del converso. Espero tener una reunión con él a lo largo de esta semana o a comienzos de la que viene. Vayan con Dios, espero tener alguna respuesta pronto. Recen por su hijo, que Dios es misericordioso y estará velando por él.

—Gracias, Ilustrísima.

Después del correspondiente besamanos, el matrimonio salió de la sala y el obispo volvió a leer la relación de cautivos que le habían entregado. Redactó una citación para el padre de Alí Simón y se la entregó a su secretario para que le diera curso.

El viernes siguiente llegó a la sede episcopal Juan Romero. Entró en el despacho del obispo detrás del secretario, se sentó y esperó a que tomara la palabra el prelado. Después de terminar de firmar unos documentos, levantó la cabeza y dijo:

—Buenos días, Juan.

—Buenos días, Ilustrísima.

—Se preguntará por qué lo he mandado llamar.

—Sí, pero tengo una ligera idea. Creo que se trata de algún asunto relacionado con mi hijo Simón.

—Sí, el asunto que quiero tratar con usted tiene relación directa con su hijo. Tengo entendido que su hijo ha apostatado de la religión católica y que ha abrazado el islam.

—Sí, es un hecho que no me gusta, pero esa es la realidad.

—También sé que se ha convertido en un corsario muy famoso en Argel y que tiene varios esclavos canarios bajo su custodia.

—Simón fue capturado en las costas de Berbería hace algunos años, cuando solo era un muchacho. Lo acogió bajo su protección el corsario El Kaid. Ahora se dedica al corso y tiene su propio barco al que ha llamado *El Canario*. Desconozco si tiene esclavos canarios en custodia.

—Sabemos que sí los tiene, Juan. Aquí está el listado —dijo el obispo acercándole la relación escrita de los esclavos canarios que se suponía que tenía Alí Simón.

El padre cogió el papel, lo sostuvo en sus manos, se lo entregó al prelado y dijo:

—No sé leer, señor.

—No importa, Juan. Solo quiero que interceda, que hable con su hijo para que libere a estos esclavos —dijo señalando el listado de esclavos.

—Poco podré hacer, Ilustrísima. Sé de él una vez al año y hay veces que no tengo noticias de cómo le va la vida. Yo le envío una o dos cartas al año a través de un navío francés que tiene un salvoconducto en Argel que le permite entrar en su puerto sin problemas.

—¿No le envía dinero?

—No, señor. Las autoridades saben quién es mi hijo y a qué se dedica. Si tuvieran noticias de que recibo dinero, no dudarían en embargármelo.

—En cierta forma, sería lo justo, ¿no cree? Es un dinero que está bañado de dolor y sufrimiento, incluso de sangre.

—Sí, está claro, Ilustrísima.

—¿Usted estaría dispuesto a enviarle una misiva de mi puño y letra?

El padre de Alí Simón guardó silencio y luego dijo:

—Prefiero que usted lo haga. Vuestra Ilustrísima tiene más medios que yo para hacer ese envío. Ya le digo, no tengo medios. Además, hace casi año y medio que no sé nada de mi hijo. Lo que sí podría es que le escriban en mi nombre para que ponga en libertad a esos cautivos.

—Eso estaría bien, Juan. Estoy convencido de que algún efecto hará. Usted no lo sabe, pero esas personas son pobres de solemnidad. No tienen ni para comer y menos tendrán para pagar el importe de un rescate. Acompañaré mi carta con la suya. ¿Qué le parece?

—Lo que usted haga bien hecho estará, Ilustrísima.

—Como quiera que usted no sabe escribir, le indicaré a mi secretario que le tome la huella y la plasme en su carta. Después la redactaré. Le doy las gracias en mi nombre y en el nombre de esas desdichadas familias. Usted es un hilo de esperanza.

—Cuente con mi ayuda. Haré lo que esté en mi mano.

—Le reitero las gracias, Juan.

El obispo hizo sonar una campanilla y entró el secretario. Le indicó lo que tenía que hacer y se puso a redactar la carta que iba a enviar a Simón Romero Arráez.

Las cartas del obispo

A la vuelta de uno de sus múltiples viajes, y estando en su palacete en compañía de Isabel, una acaudalada y hermosa comerciante gaditana con la que compartía mesa, mantel, negocios y, en alguna ocasión, algún que otro flirteo amoroso, le llegó una carta desde Gran Canaria. Pensó que sería alguna misiva de su padre, con el que mantenía correspondencia.

Francisco, un esclavo canario que tenía a su servicio, le dijo entregándole la carta:

—Ha llegado desde Gran Canaria. Tiene el sello del obispado.

Abrió el sobre y encontró dos cartas, una de su padre y otra del obispo de Canarias, D. Bartolomé García Ximénez de Rabadán. Leyó la de su padre y luego, la del prelado, que decía:

Estimado Simón:

Ruego a Dios que a la llegada de esta carta se encuentre bien de salud. Me he atrevido a dirigirme a usted porque he recibido más de diez cartas de familiares de cautivos, hijos de Dios y fieles católicos, que me manifiestan que están a su servicio. También me dicen que usted es hombre de buen corazón y que, de buena fe, les ha prestado el dinero para que puedan comprar su libertad y de esta forma impedir que sean vendidos a Dios sabe qué infieles de esas tierras del islam.

Mi intención no es otra que interceder por estos desgraciados para que, de una forma o de otra, sean devueltos sanos y salvos a sus familias.

Quiero que me indique la forma o formas para poder negociar la mencionada liberación.

No quisiera terminar sin mencionar un punto que me aflige y que me gustaría que usted reflexionara con detenimiento y sosiego. El asunto no es otro que su apostasía, que me preocupa y ocupa como pastor de las almas de estas tierras. Sé que haber renunciado a la religión católica habrá sido una decisión meditada y difícil porque es renunciar a las propias raíces. Quiero que usted reconsidere la cuestión.

Espero con ansia su respuesta.
Dios guarde a usted y a los suyos.
Canarias, a 15 de junio de 1686

Su acompañante esperó a que Alí Simón leyera ambas cartas y después le preguntó:

—¿Ahora te carteas con obispos, querido Alí?

—Yo soy el principal sorprendido, querida Isabel. El señor obispo Bartolomé García Ximénez de Rabadán me pide que libere a los esclavos que tengo bajo mi protección y me insta a que vuelva a ser el cristiano que fui.

—¿Y qué piensas contestarle? —le preguntó la gaditana con interés.

—Ya sabes lo que pienso de los esclavos, Isabel. Es la forma que tengo de ganarme la vida. No conozco otra.

—Alguna vez he pensado que tu comportamiento con los esclavos canarios es extraño. Más que extraño, particular. Eres el único corsario que conozco que compra cautivos y los tiene bajo su protección. Aquí tienes un número considerable y creo que con la mitad de ellos sería más que suficiente para llevar tu palacete. Me pregunto para qué los compras en los Baños de Argel.

Alí Simón pensó en las palabras que estaba diciendo la gaditana y no le faltaba razón; con menos de la mitad de sus criados se podría llevar su palacete.

—Tienes razón, amiga. Sé que me sobran criados, pero me siento bien teniéndolos por aquí. Tú sabes cuál sería su destino. De alguna manera, me siento bien salvándolos de ese futuro incierto. Además, son mis paisanos, gentes de mi tierra y me gusta tenerlos por aquí, oírlos hablar con ese acento en el que me reconozco y que me lleva a mi infancia, Isabel. Quizás esa sea la razón. Eso no quita para que pierda el dinero que invertí en su compra. Ellos saben que aquí no les falta un aposento caliente, ni comida, ni agua, pero saben que tienen una deuda conmigo y que para ser libres tienen que saldarla.

—Ya sé que muchos esclavos terminan en las galeras, que de ese infierno no se sale y, si se logran, se sale maltrecho y marcado para toda la vida. Al final les estás haciendo un favor, querido Alí. Si no fuera por ti, muchos de ellos no estarían en este mundo.

—Mi hermano Salvador terminó sus días como esclavo en una galera. Nunca quiso oír mis consejos. Una vez pagué su rescate, pero regresó al corso y lo volvieron a capturar.

—Ya me han contado la historia, Alí, pero no olvides que cada uno construye su propio camino. Tu hermano siguió el suyo. No te sientas responsable.

—Muchas veces pienso que podía haberlo rescatado, aunque sé que hubiera vuelto a embarcarse y nunca me lo hubiera agradecido.

—No te mortifiques con eso, amigo Alí. ¿Cuándo piensas contestar al obispo?

—Sin demora, Isabel.

—¿Quieres que te ayude a redactar la carta? Se me dan bien las epístolas.

—Siempre viene bien una ayuda de una señora de alta alcurnia, aunque te diré que desde los diecisiete años sé leer y escribir a la perfección, no solo en castellano, también arábico y turco. Mi padre adoptivo, El Kaid, se empeñó en que me formara. En Canarias nunca tuve la oportunidad de ir a la escuela y era un asunto que no me preocupaba mucho, la verdad. Sabes que a los pobres nadie les da una oportunidad. Sin embargo, ahora sí veo lo importante que es saber leer y escribir.

—La educación es un lujo al que pueden acceder solo unos pocos. Pero peor lo tenemos las mujeres, solo nos preparan para ser buenas esposas y madres. Yo aprendí a leer y a escribir porque tuve un ama de llaves a la que le apasionaba leer y se pasaba las horas muertas leyéndome poemas interminables e historias de caballeros andantes.

—Tienes razón, Isabel, la educación es patrimonio de unos pocos, y en Canarias así era y sigue siendo. Los pobres de solemnidad solo tienen derecho al hambre y a la miseria.

Alí Simón se levantó y se dirigió al escritorio que estaba junto a una de las ventanas orientada al sur. Se sentó, cogió la pluma y comenzó a escribir:

Estimada Excelencia:

Me ha alegrado mucho haber recibido una epístola de tan ilustre personalidad, defensor de la fe cristiana en las tierras que me vieron nacer.

Comenzaré por la última cuestión por ser de más rápida respuesta. Mi apostasía de la fe cristiana no fue una decisión difícil. Al contrario, mi abrazo al islam ha sido libre, afectuoso y correspondido.

Por lo que respecta a la primera cuestión, y que me interesa más que la luz que alimenta mi alma, le he de decir que, efectivamente, he pagado la libertad de la mayoría de los esclavos canarios que he capturado en Berbería y de otros muchos de aquellas tierras que me lo han solicitado. Lo hago porque yo también fui capturado y hecho esclavo y me dieron la oportunidad de ser libre.

Como comprenderá Vuestra Excelencia, hasta que no paguen la deuda que han contraído conmigo no pueden salir de Argel. Sin embargo, mientras están aquí, son atendidos y protegidos por mí. Me hubiera gustado condonarles la deuda que aún mantienen conmigo, pero sería un mal ejemplo para los que nos dedicamos a esto de los negocios.

Sé que usted es un hombre de influencias y que dará los pasos oportunos para conseguir que las familias de los cautivos puedan reunir, no sin esfuerzo, la cantidad adeudada.

Que Alá le dé salud y prosperidad por muchos años.

Cuando la terminó, la releyó, fue junto a su amiga y le dijo:

—Léela y dime qué te parece.

La gaditana la leyó con detenimiento y, después de unos minutos le dijo:

—Está perfecta, Alí. Yo no la hubiera redactado mejor. Se ve que has leído mucho y tu caligrafía es envidiable.

—Los días en alta mar dan para mucho, Isabel. Las horas muertas me las paso leyendo. He encontrado en la lectura un gran entretenimiento y más desde que me hice con un baúl lleno de libros que traía un navío español que capturamos en las costas de Cádiz. También practico la escritura. Tengo un diario en el que escribo los acontecimientos que me ocurren en el día.

—¡Qué gran idea! Me imagino que en algunas páginas hablarás de mí…

—¡Claro, Isabel! Hablo de una hermosa gaditana que conocí en el puerto de Argel...

—Por Dios, Alí, ¡déjame leerlas!

—No, querida amiga, los diarios son personales. Así que tendrás que esperar a que me muera para poder leerlas.

—¡No mentes a la muerte, Alí! Todavía te quedan muchos años y muchas letras que escribir en ese diario.

—Alá te oiga, amiga. Los corsarios estamos preparados para la muerte. Estamos jugando como niños en el filo de la daga y nos podemos cortar. Cuando parto, no sé si será mi último viaje. Al levar anclas, me viene el recuerdo de El Kaid. ¿Quién esperaba que muriera en esa travesía? Nadie, pero un cañón le destrozó el corazón. Así que desde ese día estoy dispuesto a morir y, además, no tengo ningún miedo.

La gaditana se quedó mirando a los ojos al corsario y luego le dijo:

—A ti te quedan muchos años, querido. Sabes que soy medio bruja y lo veo en tus ojos.

—No lo sé, Isabel, lo único que sé es que estoy vivo y que tengo que enviar esta carta al obispo.

—Vamos a ello, pues, querido Alí.

Embajador de Argel

Una semana después de enviar la misiva se presentó en su palacete un general del bajá de Argel y lo informó de que al día siguiente tenía audiencia en palacio. La visita lo sorprendió mientras tomaba el té con el corsario Chivirino, que era el padre de su esposa Aminah. Chivirino le comentó sorprendido:

—Después de haber sido nombrado Almirante de la Armada de Argel, ¿qué otros nombramientos te esperan, Alí?

—Lo de Almirante de la Armada argelina fue un reconocimiento de nuestro bajá a los múltiples beneficios que le he dado durante estos años, pero solo es un título. Nuestra armada es la que es, ya sabes, cuatro barcos bien pertrechados que dependen del bajá. Los turcos son los que nos protegen y ellos sí que tienen una poderosa armada.

—El almirantazgo no es cualquier título. No le quites importancia a lo que lo tiene, Alí. Eres, sin duda, el corsario más importante de los últimos años. No ha habido ningún corsario ni pirata con la progresión que tú has tenido.

—Tuve un gran maestro y mucha suerte.

—Cierto es que El Kaid fue un gran maestro. Él te enseñó los secretos del corso, pero tú lo has superado. Solo hay que repasar tus hazañas en este último decenio.

Alí Simón pensó que era cierto. Había perdido la cuenta del número de barcos que había apresado y el número de esclavos que había capturado. Recordó la captura del Regente de la Audiencia de Sevilla, que le reportó al bajá 244.000 reales de plata y que lo catapultó como uno de los corsarios más importantes del Mediterráneo.

—Las flores me abruman, Chivirino.

—¿Flores, Alí? Hechos, hijo. Te has ganado la fama que tienes a pulso. Esa es la razón y el bajá lo sabe. Lo sabemos.

—No voy a negar que he tenido suerte…

—Llámalo como quieras, pero ahí están los frutos. Por algo te habrá mandado llamar el bajá.

—Pues no lo sé. Lo que está claro es que el bajá no me llama para tomar el té. Lo hace cuando necesita mis servicios.

—Pocos tienen el privilegio de ganarse el favor del bajá. Y menos un converso.

—¿Quizás tenga mucho que ver con el hecho de que esté casado con la hija de un famoso berberisco que es muy respetado en Argel? —preguntó con sorna Alí.

—Algo tendrá que ver, ja, ja, ja —dijo sonriendo—. Pero tú, querido Alí, te has ganado el respeto de los que vivimos en esta santa ciudad.

—Mañana veremos qué nuevas me trae nuestro querido bajá.

—Lo veremos. Espero que me las cuentes cuando tengas oportunidad, pero con la emoción de la noticia casi me olvidaba del motivo de mi visita, ¿qué te traes entre manos con esa española? Mi hija está que se sube por las paredes. Dice que la tienes como concubina.

—Eso son cosas de mujeres, Chivirino. Isabel es una mujer de negocios y de eso es de lo que hablo con ella. No puedo negar que es bella y que, en muchas ocasiones, se me insinúa, pero no vamos más allá del flirteo y el juego. No te preocupes por eso. Se lo he dicho muchas veces a Aminah, pero no me cree.

—No te preocupes por eso, hablaré con ella y ese tema quedará cerrado. No estoy en contra de que tomes otras esposas, yo lo he hecho en cinco ocasiones, pero sabes que mi hija es muy celosa.

—Ya lo sé. No tengo tiempo para otras mujeres, con ella tengo suficiente. Ella me satisface por completo y cumple con mis requerimientos. Es una buena mujer.

—No hablemos más, hijo. El asunto está resuelto. Así se lo haré saber a mi hija. Que deje de ver fantasmas donde no los hay.

—Espero que te escuche y que cierre esa puerta.

—Lo hará, no te preocupes.

* * *

A la mañana siguiente, Alí se levantó temprano, se bañó, se puso sus mejores ropas y antes de que el Sol estuviera en su cénit se presentó ante el bajá.

Estaba sentado junto a dos de sus súbditos discutiendo los pormenores de la construcción de un nuevo dique de abrigo en el puerto de la ciudad berberisca. Alí permaneció a la espera hasta que uno de sus ayudantes de cámara le indicó que lo estaba esperando.

—¡Alí! Acércate. Tu misión es muy importante. Quiero cerrar un acuerdo de mutua defensa con el sultán para que, en caso de ataque de cualquier país europeo, nos prestemos ayuda logística y militar. Nadie mejor que tú sabe que estamos en el punto de mira de españoles, franceses, ingleses y holandeses. Yo he intentado que nuestra ciudad sea abierta y cosmopolita y es cierto que lo hemos conseguido, pero no es la primera vez que, por una razón o por otra, hemos sido objeto de ataques por parte de algunos de ellos.

—¿Y por qué yo, señor? —preguntó Alí.

—Porque tú eres el perfecto representante de la vida de este pueblo. Somos personas abiertas que adoptamos a todo aquel que vive y trabaja por esta tierra. Tú eres un claro ejemplo de lo que digo. Te has hecho a ti mismo, eres el corsario más destacado de mi reino y, por tanto, un alto representante de este pueblo.

—Gracias, señor, pero quizás haya otros que se merezcan tal distinción.

—¿Otros? Alí, por Alá, has demostrado tu valía en estos años. No voy a relacionar las gestas que has realizado y los grandes beneficios que has reportado a esta ciudad y a mi reinado.

—Estoy a su disposición, señor. Partiré cuando usted lo estime oportuno. Intentaré estar a la altura y ser un embajador digno de su señor y de Argel.

—Pues el asunto está claro. Saldrás pasado mañana en una galera real. Te acompañarán los más altos representantes de mi gobierno y le entregarás esta carta personal al sultán.

117

Alí Simón cogió la carta y le dijo al bajá:

—Intentaré estar a la altura de las circunstancias, señor. Espero ser un digno representante de este país.

—No me cabe la menor duda de que lo serás, Alí.

El corsario llegó a su palacete abrumado y nervioso. Sabía que esa era la misión más significativa que le habían encomendado nunca. Era consciente de la importancia de las relaciones con Turquía y de esas buenas relaciones dependía, en gran medida, el futuro inmediato de la ciudad corsaria. Turquía era un potente aliado y las potencias europeas lo tenían en cuenta.

***

A los veinte días regresó de su viaje a Turquía y fue recibido por el bajá en sus aposentos.

—¡Alí! ¿Qué nuevas me traes? ¿Cómo te fue con el Mehmed IV?

—Buenos días, señor. Siguiendo su mandato, cerramos un acuerdo de mutua defensa en el que Turquía nos garantiza un apoyo incondicional en caso de ser atacados por alguna potencia extranjera. También planteé la posibilidad de cerrar una alianza comercial entre los dos países. El sultán Mehmed IV estaba muy interesado en estrechar más aún los lazos comerciales entre los dos países.

—¡Magnífico, Alí! Ese acuerdo militar es fundamental para nuestro futuro. Los europeos se están planteando atacarnos desde que tengan una oportunidad. Turquía es nuestro perro guardián, que está dispuesto a morder sin piedad a quien nos ataque. Has sido un embajador que ha estado a la altura. Sabía que no me equivocaba contigo.

—Gracias, señor, para mí ha sido un honor ser embajador de Argel. Sabe que estoy a su entera disposición.

—Tendré muy en cuenta esta misión, Alí. Te aseguro que volverás a Turquía a cerrar ese acuerdo comercial. Hoy mismo pondré a trabajar a mis sabios para que preparen los detalles y le escribiré una carta al sultán mostrando mi interés en sacar adelante esa relación.

—Se lo reitero, estoy a su plena disposición.

—Esto hay que celebrarlo, Alí. Mañana te vienes con tu mujer a cenar. También le haces extensiva la invitación a Chivirino. Será una gran fiesta.

—Aquí estaremos, señor.

Alí salió del palacio del bajá satisfecho por el trabajo realizado y pensó que Argel era un país grande en el que cualquiera que trabajara duro podría alcanzar la cima, independientemente de su procedencia. Él era un claro ejemplo. Se sentía pletórico. Entonces, recordó los días en los que solo era un aprendiz de corsario y las palabras de El Kaid augurando que llegaría muy lejos. Sí, había llegado a donde nunca se imaginó llegar.

La respuesta del obispo

El secretario entró en el despacho del obispo, le entregó una carta y le dijo:

—La carta viene de Argel. Supongo que es del renegado, Simón Romero Arráez, Ilustrísima.

—Si viene de Argel, no cabe duda de que es suya. A ver qué nos dice.

El obispo leyó la carta con detenimiento y, al acabar, comentó:

—No se aviene a dejar en libertad a ninguno de sus cautivos ni tampoco quiere seguir mi consejo de volver al seno de la religión católica.

—Era de esperar, Ilustrísima. Ya sabe cómo son los renegados, solo les importa el dinero que puedan recaudar y este es un claro ejemplo.

El nuncio analizó las palabras que le dijo su secretario y después le contestó:

—No sé, Miguel. Algo me dice que este renegado, aunque islamizado, tiene alma de cristiano. Los testimonios de los retornados así lo demuestran. A los paisanos que él captura no los vende, sino que les presta el dinero para que compren su libertad y los tiene bajo su custodia hasta que saldan su deuda. A los cautivos canarios que están en los Baños de Argel también se ofrece para prestarles el importe necesario para comprar la libertad. Ya le digo, Miguel, ese hombre es un buen cristiano, aunque sea un musulmán confeso.

—Usted tiene un sexto sentido, Ilustrísima, para eso de conocer a las personas. Se mete por los ojos y llega al alma de los fieles.

—¡Ay, Miguel! ¿Un sexto sentido dices? Si hubiera tenido ese sexto sentido, nunca nos hubiéramos embarcado con aquel impresentable que no sabía dónde tenía su mano derecha y que nos llevó hacia las Américas.

—No me refiero a eso, Ilustrísima. Quiero decir que usted tiene ese don especial para conocer bien a sus semejantes, para ver lo que los otros no ven.

—En el caso de Simón Romero no es una intuición, ni tampoco me valgo de ningún sexto sentido, es solo el análisis de los testimonios de los cristianos que han estado cautivos en Argel. Esos testimonios me dicen que ese cristiano se ha islamizado porque las circunstancias lo han obligado a ello. Es un hombre listo y solo se ha adaptado a la realidad en la que vive. Ya lo decía Jesucristo: «Por sus frutos los conoceréis», y los hechos son los que son, Miguel. Simón Romero, de alguna manera, está ayudando a sus paisanos por una razón que desconozco.

—La razón no es otra que la usura, Ilustrísima. Les presta el dinero para luego cobrarles los intereses correspondientes.

—No, Miguel. Tenemos pruebas de que no les cobra intereses. Les presta el dinero y solo espera que se lo devuelvan. Su afán no es hacerse rico porque ya lo es. Creo que solo quiere ayudar al prójimo y eso es muy cristiano. Habrá que insistir. Le escribiré otra carta para ver si soy capaz de abrir el corazón cristiano que sin duda tiene. Déjame, voy a redactar una carta. Ordena que me preparen el almuerzo y que no se olviden de que los huevos pasados por agua estén en su punto.

—Así lo haré, Ilustrísima.

Cuando el prelado se quedó solo en su despacho, comenzó a escribir la carta.

Estimado Simón:

Espero que a la llegada de esta carta usted y su familia se encuentren bien de salud.

Supongo que habrá estudiado con detenimiento las posibilidades que existen para poner en libertad a los cautivos que están bajo su protección y tutela. He de decirle que en estas tierras es tan nefasta la situación que no existe moneda para la compra debido, principalmente, a que los ingleses han dejado de importar el buen vino de malvasía que se cultiva en las Islas, incluso los esforzados viticultores han dejado de cultivar sus viñas porque no encuentran buen negocio en ello.

Ha llegado a tal punto la crisis económica que estos buenos cristianos y gentes de Dios han dejado de pagar los diezmos a la Santa Madre Iglesia. Existen algunos desgraciados a los que les han embargado las tierras y los animales por el impago de las deudas.

Con esto le quiero exponer la situación penosa de la economía en las Islas para que usted se haga una idea real de las circunstancias particulares de los familiares de los cautivos, que no pueden hacer frente al pago de la libertad.

A estas pobres almas cristianas olvidadas de Dios no les queda otra alternativa que esperar a que su buen corazón se apiade y no los condene a morir de hambre en las mazmorras argelinas por no hacer frente a la deuda contraída.

Le ruego que profundice usted en el alma cristiana que sin duda tiene y obre con caridad con respecto a sus paisanos, que no han cometido otro delito que salir de las Islas a buscar el sustento de sus familias.

Para terminar, le reitero que vuelva usted al camino de Dios Padre porque este nunca olvida y da cobijo a sus ovejas descarriadas.

Dios guarde a usted y a los suyos.
Gran Canaria, a 28 de octubre de 1686

Llamó a su secretario y le ordenó que enviara la carta.

La redención

Francisco entró en el despacho de Alí Simón y preguntó:

—¿Se puede, señor?

—Pasa, pasa, Francisco, ¿qué ocurre?

—Ha llegado otra carta del obispo de Canarias —le dijo el sirviente acercándole la carta al corsario.

—Gracias, Francisco.

Alí rompió el lacre del sobre, sacó la carta y la leyó. Al terminar, se quedó reflexionando sobre las cuestiones planteadas por el obispo y sabía, por las informaciones directas que le llegaban de las Islas, que la situación económica era cada día más penosa y que los cautivos muy difícilmente podrían hacer efectivas las deudas que habían contraído.

Escribió una relación de los cautivos que tenía bajo su custodia. Los contó y sumaban seis. Anotó el importe de su liberación y después realizó la correspondiente suma. Era una cantidad considerable.

Sin demora, se sentó y contestó al obispo:

Estimada Excelencia:

Me es grato volver a recibir una misiva suya. Sé que la situación en Canarias es compleja y que muchos de mis paisanos están pasando penurias económicas. Tantas, que será casi imposible que yo pueda obtener el pago de la deuda de mis cautivos. He estudiado con detenimiento la cuestión que usted me plantea y los perjuicios que tal decisión me pueda acarrear. Aun así, y sabiendo las pérdidas que me va a ocasionar la liberación de mis seis cautivos, he decidido acceder a su petición atendiendo al principio de caridad que tienen que profesar los buenos musulmanes.

Sé que hay prevista una redención organizada por los monjes trinitarios en las próximas semanas. Le informo de que les condonaré la deuda a los seis cautivos canarios que están bajo mi custodia y podrán regresar sanos y salvos a su lugar de residencia.

Que Alá le dé salud y prosperidad por muchos años.

En Argel, a 1 de diciembre de 1686

Alí Simón sintió una gran satisfacción interior cuando cerró la carta y se la envió al obispo. Sabía que pasarían años antes de que sus cautivos pudieran saldar la deuda que tenían con él, pero quería tener un gesto de indulgencia con sus paisanos.

Detrás de este gesto vendrían otros muchos porque Alí Simón siguió prestando el dinero para que sus cautivos, canarios o no, pudieran comprar la libertad y evitar, de esta manera, ser vendidos al mejor postor en la plaza de esclavos de Argel.

***

Al cabo de una semana, Francisco, uno de los criados que estaba en la lista para ser liberado, tocó en la puerta de su despacho. El corsario le contestó:

—Pasa, Francisco, cuéntame.

—Solo quería decirle que el turco Suleiman le ha enviado un mensaje.

—¿El turco Sulieiman?

—Sí, dice que hay un cautivo en los Baños de Argel que pregunta por usted. Dice que es su hermano y que se llama Gaspar.

—¿Gaspar? Tengo un hermano que así se llama, pero lo último que supe de él es que estaba en las Américas.

—¿Quiere que averigüe algo más en los Baños, señor? Bajaré, me pondré al corriente y luego le contaré los detalles.

—No, Francisco, prepárame el carromato y acompáñame. Salimos de inmediato.

«¿Cuánto hace que no veo a mi hermano Gaspar?», se preguntó. Más de treinta años. Gaspar era el mayor de sus hermanos y desde que tuvo oportunidad se fue a buscar fortuna a América. Recordó que, cuando él se embarcó hacia Cabo Bojador, Gaspar hacía más de tres años que se había marchado. Sabían de él porque enviaba una carta al año en la que les contaba cómo le iba en aquel continente en que todo estaba por descubrir.

Mientras se vestía, pensó en su hermano mayor. Recordó con mucha nostalgia los días en los que iban a pescar en la chalana de sus padres. Salían al despuntar el día y navegaban dos millas mar adentro. Su hermano Gaspar le decía que era la mejor hora porque los «pescados» estaban todavía dormidos, no eran capaces de ver con claridad, se comían el cebo sin mirar y se tragaban el anzuelo hasta las agallas.

Cuando llegó a los Baños de Argel, la actividad era frenética. Entraban y salían cautivos de multitud de nacionalidades. Antes de bajarse de la carreta, percibió aquel olor mezcla de sudor, orines y mierda que salía de las celdas abarrotadas de hombres, mujeres y niños. Los captores intentaban vender a los esclavos lo antes posible porque sabían que una estancia prolongada en los Baños podría significar perder más de la mitad por culpa de una enfermedad. Las enfermedades infectocontagiosas se propagaban con demasiada facilidad en aquellas celdas mugrientas en las que la higiene era inexistente.

Entró y preguntó al militar responsable de los Baños por Gaspar Romero Arráez. El militar lo reconoció, lo saludó y buscó el nombre en las relaciones que tenía dentro de un cartapacio confeccionado con piel de camello curtido. Al cabo de un rato lo encontró y le dijo:

—Sí, aquí lo tenemos. Viene acompañado de su mujer y de un hijo de quince años. Los cautivos pertenecen al corsario Suleiman. Allí lo tienes. Habla con él. Es un buen musulmán. No tendrás problemas para llegar a un acuerdo.

Alí Simón estaba más que acostumbrado a negociar con los corsarios y piratas a los que vendía y compraba esclavos y en alguna ocasión había hecho negocios con Suleiman. Se abrió paso entre los cautivos y llegó al lugar en el que estaba el corsario. Estaba sentando contando monedas y metiéndolas en una bolsa de cuero.

Era un hombre tostado por el sol, rechoncho, con barba y bigote y llevaba un turbante azul que le cubría la mayor parte del rostro.

—*Assalamu Alaykum*, Suleiman —le dijo Alí Simón.

—*Wa Alaykum Assalām*, Alí. ¡Cuánto tiempo sin verte por estos lugares! Me han llegado noticias de que has estado en Turquía representando a nuestro querido bajá y que has sido nombrado general de la flota argelina. Te ha ido bien desde que el gran El Kaid se nos fue. Tuviste al mejor maestro. El corsario más grande que ha pisado esta tierra santa.

—Sí, me ha ido bien, pero sabes que solo es fruto del trabajo duro, de algo de suerte y, lo más importante, de haber tenido como maestro a El Kaid. Él me enseñó todo lo que sé.

—Tú eras su alumno más aventajado y, además, te quería como a un hijo.

—Sí, lo sé, y yo también lo consideré un padre.

—¿En qué te puedo ayudar, Alí?

—Tienes cautivo a un cristiano que puede ser mi hermano.

—¿Tu hermano? ¿No será el mismo que hace unos años libraste de las galeras?

Alí recordó a su hermano Salvador y se entristeció. Hacía muchos años que no sabía nada de él, muy posiblemente estaría muerto.

—No, se trata de mi hermano mayor. Coinciden el nombre y sus apellidos. También vienen su mujer y su hijo.

—A ver, dime su nombre, Alí.

—Gaspar Romero Arráez.

—¡Claro, es ese! Lo recuerdo. Desde que lo capturamos no ha dejado de insistir en que era tu hermano y ayer mismo te hice llegar un mensaje personal. Espera, hago que lo traigan.

El corsario llamó a uno de sus adláteres. Le ordenó que buscara al cautivo y que, si estaba, lo trajera junto con su mujer y su hijo.

—Si se trata de él, me imagino que comprarás su libertad y la de su familia, pero sabes que el muchacho te costará el doble.

—Sí, lo sé, no te preocupes por eso. Te pagaré lo que me pidas, Suleiman. No te voy a regatear ni una moneda de oro si se trata de mi hermano.

—¡Ay, la sangre, cuánto tira la sangre, Alí! Por ella estamos dispuestos a dejarnos la piel.

—Tú harías lo mismo.

—No lo sé. No tengo hermanos ni tampoco parientes cercanos. Murieron por la peste negra. Solo quedo yo de mi estirpe y conmigo desaparecerá.

En eso se acercó un hombre desaliñado que caminaba con la cabeza gacha. Tenía una barba de más de tres semanas. Alí Simón lo observó con detenimiento, pero no lo reconocía. Habían pasado muchísimos años. Su hermano se fue con casi veinticinco y llevaba más de treinta sin verlo. El canario se acercó, le levantó la cabeza y lo reconoció. Era Gaspar. En cambio, su hermano no lo reconoció en un primer momento hasta que Alí Simón le dijo:

—Soy tu hermano Simón, Gaspar.

Gaspar levantó la cabeza, abrió los ojos como si estuviera viendo un espectro fantasmagórico y dijo con voz lastimera:

—El señor Jesucristo ha oído mis plegarias. Gracias a Dios que eres tú, hermano. Gracias a Dios que has venido a rescatarme. No sé qué hubiera sido de nosotros, Simón.

Se abrazó a su hermano y se le saltaron las lágrimas.

—Estás a salvo, tú y tu familia.

—¡Gracias, Simón, gracias! Pensé que no iba a salir de aquí y temía por mi mujer, pero sobre todo por mi hijo, que también se llama Simón. Lo bauticé con tu nombre cuando supe que te habías islamizado.

—Sigo manteniendo mi nombre, Gaspar. Me conocen como Alí Simón, Alí Romero o Alí el Canario. Sin embargo, eso no importa. Espérame aquí, voy a resolver el asunto del pago del rescate.

—Te pagaré hasta la última moneda que pagues por mí y por mi familia.

El corsario lo miró, sonrió y le dijo:

—No te preocupes por eso, Gaspar. El dinero no es un problema para mí. Así que lo dicho, espérame aquí.

Alí Simón terminó de cerrar el pago con Suleimán y se llevó a su hermano a su palacio.

Ordenó a sus sirvientes que les preparasen la habitación de huéspedes y el baño, y que lo dispusiesen todo para adelantar el almuerzo porque suponía que su hermano y su familia no habrían comido nada decente en la última semana.

La comida se dispuso en el salón principal del palacio de Alí Simón. Gaspar entró cohibido disfrutando de la belleza del palacio de su hermano, que había sido construido en piedra caliza blanca con multitud de arcos arabescos en puertas y ventanas, lo que le daba una luminosidad increíble a todas las habitaciones del edificio.

Cuando estaban sentados, el corsario hizo las debidas presentaciones:

—Ella es mi mujer, Aminah, y mis hijos, El Kaid, Alí Juan, y mi hija Adila. El Kaid es el mayor, tiene casi veinte años, Alí Juan, dieciséis y Adila, trece.

—Ella es Juana María, mi mujer, y él es Simón, que tiene la misma edad que tu hija y, como te dije, se llama igual que tú —dijo su hermano Gaspar.

—Es un honor —dijo sonriendo el corsario.

—Sabes que, cuando éramos unos niños, nos llevábamos muy bien. Eras mi hermano preferido porque Salvador era muy suyo. Por cierto, ¿sabes qué ha sido de él? Lo último que supe me lo contó nuestro padre, que se embarcó para convertirse en corsario.

Alí Simón pensó si era conveniente contarle la verdad a su hermano y decidió que sí, aunque dejaría en el olvido la última parte.

—Sí, es cierto lo que te dijo nuestro padre, pero lo hicieron preso y tuve que pagar por su libertad. Le ofrecí algo de dinero para que dejase de dedicarse al corso y ayudase a nuestros padres. No le gustó mi ofrecimiento y se volvió a embarcar. Volvieron a capturarlo y lo último que supe de él es que lo destinaron a galeras.

—¿A las galeras?

—Sí, Gaspar.

—¿Cuánto hace de eso, Simón?

—Dos o tres años. No lo recuerdo bien.

—Si es así, nuestro hermano habrá perecido. Me han contado que destinarte a las galeras es lo peor que te puede ocurrir, que, si entras, nunca más sales.

—Así es, pero a Salvador se lo comió la avaricia, la envidia y la soberbia. Quería convertirse en un corsario famoso…

—¿Como tú?

—Yo solo he tenido suerte. Aprendí mucho cuando era joven junto al mejor de los corsarios que ha vivido en Argel. Después solo me he dejado llevar por las circunstancias de la vida, haciendo lo que tenía que hacer en cada momento. Salvador se equivocó y pagó muy cara esa equivocación.

—No todos contamos con tu buena estrella, Simón. Desde pequeño se veía que eras un niño espabilado y valiente. Otros lo hemos intentado con ahínco, pero al final no lo hemos conseguido —manifestó con tristeza.

—Supongo que venías de las Américas cuando te capturaron.

—Sí, nos atacaron a pocas millas de Gran Canaria cuando la podíamos ver a simple vista. Sin embargo, los piratas nos abordaron y nos capturaron.

—¿No te fue bien en América?

—No, Simón. No pude realizar el proyecto que tenía en mi cabeza. Quería ser panadero, pero cuando llegas allí, te das cuenta de que hay mucho por hacer y de que necesitas mucho dinero para prosperar. Mantener una familia se hace casi imposible.

—¿Y qué quieres hacer en Canarias?

—No lo sé. Regresaré con una mano delante y otra detrás porque el dinero que había logrado ahorrar me lo han robado. No era mucho, pero suficiente para comenzar algún negocio en Gran Canaria.

—Yo te podría hacer un préstamo con la única condición de que, en vez de pagármelo a mí, se lo vayas pagando a nuestros padres. Ellos lo necesitan y sé que padre no está trabajando.

Gaspar se quedó pensativo, valorando la oferta que le hacía su hermano.

—Estaría bien y sería una forma de ayudar a nuestros padres, pero también tendré que pagarte lo que has desembolsado por nosotros.

—¿Cuándo te casaste, Gaspar?

Su hermano lo miró extrañado, no sabía a qué venía esa pregunta cuando estaban hablando de cuestiones de dinero.

—Me casé hace —dudó unos instantes— quince años.

—Quince años y diez meses —concretó su mujer.

—¿Y no me invitaste a la boda?

Su hermano no entendía nada de lo que le preguntaba Alí Simón ni por qué se preocupaba tanto por su boda. Pensó que la edad le estaba afectando o que estaba perdiendo la cabeza.

—Me hubiera encantado que asistieras. No solo tú, también nuestra familia. Fue una boda muy íntima, solos los dos testigos y el cura.

—Entonces no te hice mi regalo de bodas, así que mi regalo será el importe que he pagado por tu libertad y la de tu familia.

—Eso es mucho dinero, Simón.

—Tú preocúpate de sacarle partido al préstamo, monta un buen negocio en Las Palmas y cuida de nuestros padres. Ese es el trato. ¿Estás de acuerdo?

Gaspar se levantó, se dirigió hasta el lugar en el que estaba su hermano y le dijo:

—Claro que estoy de acuerdo, Simón. Dame un abrazo.

Alí Simón se levantó y abrazó a su hermano.

—Nunca olvidaré lo que has hecho por mi familia. El día que nos apresaron creí que la vida que conocía se había acabado y, cuando supe que estábamos en Argel, se abrió una ventana a la esperanza, aunque no sabía si estabas vivo o muerto, Simón. Sé que muchos no aprueban que seas un corsario y desean verte muerto, pero sé que, en el fondo, eres una buena persona. Una mala persona no hace lo que tú has hecho por mi familia.

—No me preocupa lo que piensen los demás, Gaspar. Me dedico al corso porque no sé hacer otra cosa y, además, se me da bien. Muchas veces he pensado en regresar, pero a estas alturas de mi vida quiero morir aquí. En cierto sentido, formo parte de este lugar y, si hacemos cuentas, llevo muchos más años en Argel que en Canarias.

—No te reprocho nada, hermano. Solo quiero darte las gracias. Recuerda que estoy en deuda contigo.

—Gaspar, ahora tienen que descansar y recuperarse. Dentro de una semana está prevista una redención y vendrá un barco que te llevará a Gran Canaria.

—¿Qué es una redención?

—Si los familiares de algunos cautivos logran recaudar el dinero suficiente para pagar su libertad, en tres o cuatro veces al año, esos familiares envían un barco que lleva un salvoconducto de Argel que impide que sea atacado. Generalmente, son los monjes trinitarios los encargados de las redenciones.

—¿Nos iremos en ese barco?

—Sí. No te preocupes. Me encargaré de que así sea. Descansa y recupérate.

—Gracias, Simón.

—No hay nada que agradecer, eres mi hermano. Estoy convencido de que tú harías lo mismo por mí, Gaspar. Lo dicho, descansa.

***

El corsario tenía previsto que su criado, Francisco, acompañara a su hermano hacia Gran Canaria junto con los seis cautivos que había decidido poner en libertad. Así cumpliría el compromiso que le había manifestado al obispo Bartolomé García Ximénez de Rabadán. Una semana antes de partir, Alí Simón le notificó que iba a ser liberado. Lo llamó a su despacho y le dijo:

—Francisco, me has servido con lealtad durante estos años. La próxima semana te irás en el barco de los monjes trinitarios. Tu deuda ha quedado saldada. Dentro de una semana serás un hombre libre como antes lo fuiste.

—Gracias, señor, pero me gustaría quedarme a su servicio.

—¿Qué dices, Francisco? ¿Por qué quieres quedarte aquí? Te estoy dando la posibilidad de volver con tu familia.

—Lo sé, señor, y le estoy muy agradecido. Utilice mi plaza para otro cautivo. Hay algunos cuyas familias los esperan con ansia.

—¿Y tú, Francisco? ¿Qué me dices de ti, de tu familia?

El cautivo comentó:

—Nadie me espera en Canarias, señor. Soy hijo único y mis padres murieron hace años. Allí solo me espera miseria y hambre. Sé que la situación económica en las Islas no es la mejor en los días que vivimos y también sé que es muy complicado, por no decir imposible, encontrar un trabajo digno que me permita ganarme la vida.

—Como quieras, Francisco, seguirás a mi servicio, pero con una condición.

—¿Dígame cuál, señor?

—Que aceptes un jornal por tu trabajo. Recuerda que eres un hombre libre y los hombres libres, cuando trabajan, tienen que recibir algo a cambio.

—Ya me siento bien pagado con el alojamiento y la comida que usted me ofrece. Ese es pago suficiente.

—No, Francisco, ese pago no es suficiente. Sé lo que digo y no quiero discutir más sobre este asunto.

—Quiero comentarle algo que nunca le he dicho.

—¿Qué me quieres decir?

—Que gracias a usted sigo con vida. Soy un hombre con casi cincuenta y cinco años y mi destino no hubiera sido otro que las galeras, en las que hubiera muerto sin remedio. Usted me sacó de los Baños de Argel sin pedir nada a cambio y le estaré eternamente agradecido. Desconozco las razones por las que lo hizo, tampoco me interesan. Lo cierto es que usted me dio la oportunidad de seguir viviendo. Oí a su hermano que decía que usted era un hombre bueno y cierto que lo es. No solo lo pienso yo.

—Otros no piensan lo mismo, Francisco. Si lo piensas bien, no soy tan buen hombre. Asalto barcos y hasta hace pocos asaltaba pueblos enteros haciendo esclavos a los cautivos para luego venderlos al mejor postor. Eso no lo hace ni un buen musulmán ni un buen cristiano. Así que no digas que soy un buen hombre —dijo con un tono de tristeza y de reproche.

Francisco sabía que no le faltaba razón. Visto así, Alí Simón era un hombre sin escrúpulos que se dedicaba al corso para enriquecerse sin importarle el daño que pudiera hacer a sus semejantes.

—Si no es un buen hombre, ¿por qué le presta dinero a los cautivos de las Islas, por qué me da la libertad sin pedir nada a cambio, por qué va a dejar en libertad a seis de sus siervos, aunque no le hayan pagado el préstamo que les concedió? ¿Por qué ayudó a su padre, a su hermano Salvador y ahora lo hace con su hermano Gaspar?

—Para intentar limpiar mi conciencia, Francisco. Porque sé que lo que estoy haciendo no está bien, aunque no podría hacer otra cosa para ganarme la vida. Soy un corsario y nosotros no deberíamos tener conciencia. Déjame, quiero descansar. Ten en cuenta lo que te he dicho.

—Gracias, señor.

***

Justo a las dos semanas, su hermano Gaspar y familia partirían hacia Gran Canaria con los cinco cautivos que el corsario había puesto en libertad. El buque en el que tenían previsto partir había sido fletado por los monjes trinitarios, que llevaban muchos años haciendo esta labor redentora y seguirían haciéndola durante muchos años, con más o menos fortuna.

Alí Simón acompañó a su hermano y a su familia al puerto de Argel. Una vez allí, el corsario berberisco le dijo a su hermano:

—No te olvides de nuestro trato, Gaspar. Nuestros padres te necesitan. Yo no puedo enviarles dinero porque se lo confiscarían. Los inquisidores saben quién soy y controlan los dineros que pueda enviar a Canarias. Así que, cuando llegues, sé discreto, Gaspar, para que tu negocio pueda prosperar y que nadie sospeche que ha sido financiado con dinero procedente del corso.

—No te preocupes, seré discreto y cuidaré de nuestros padres hasta el final de sus días. Te lo prometo.

Alí Simón abrazó a su hermano y a su sobrino, saludó con un movimiento de cabeza a su cuñada y se despidió de ellos.

Esperó a que el navío de tres palos soltara las velas y saliera rumbo a Gran Canaria.

Le hubiera gustado ir en ese barco, acompañar a su hermano mayor y volver para que su vida fuera como en los años de su infancia. Sin embargo, él sabía que no había vuelta atrás.

Contempló cómo el barco se perdía en el horizonte hasta que dejó de verlo. Entonces, Francisco le preguntó:

—¿Nos vamos, señor?

—Sí, Francisco, vámonos.

—¿Echa de menos nuestra tierra?

—Sí, echo de menos los recuerdos, que cada vez son menos. Ya sabes eso que dicen, las cosas no son como son, sino como se recuerdan. Venga, vámonos, tengo muchas cosas que hacer.

Se perdieron por las calles de Argel. Alí Simón pensó qué hubiera sido de él si hubiera permanecido en Gran Canaria, qué hubiera sido de su vida si nunca se hubiera embarcado en el barco pesquero *Las Ánimas*, si nunca hubiera conocido a El Kaid y si no se hubiera dedicado al corso. Añoraba su tierra y a sus gentes, pero sabía que no cambiaría su vida por ninguna otra. Era feliz.

El más duro aprendizaje

A Alí Simón, con casi cincuenta años, le preocupaba que su hijo no tuviera el menor interés en dedicarse al corso. Había salido en una o dos ocasiones con sus hombres a realizar algunas incursiones en el Mediterráneo. El canario lo dejó hacer porque quería que su hijo viviese la experiencia de ser un marinero y un corsario para que al fin terminara por decidirse.

Lo cierto es que llegó entusiasmado y las referencias de sus hombres de confianza eran buenas. Decían que era un excelente marinero con muy buenas condiciones para convertirse en un buen corsario.

Una tarde Alí Simón lo llamó a su despacho y le dijo:

—Sé que quieres dedicarte al corso, hijo mío, pero sabes que tengo tres barcos que están haciendo la ruta comercial con Turquía y necesito un hombre que se haga cargo de ese negocio. Quién mejor hombre que mi propio hijo. Sabes que las gallinas no las cuida nadie mejor que su dueño.

—Lo sé, padre, pero ya me he embarcado en varias ocasiones y he disfrutado como no lo había hecho nunca.

—Sí, hijo, pero sabes que ser un corsario tiene sus riesgos y esos riesgos te pueden costar la vida.

—¿Por qué no quieres que me dedique a algo que tú te dedicaste? ¿Tienes miedo a que te supere? ¿A que sea mejor corsario que tú?

—No, hijo, no temo eso. Solo temo a que te embarques y no regreses. Ese es mi único miedo. No olvides que la soberbia y la complacencia son malas compañeras de viaje. Solo te digo que tienes la oportunidad de hacer algo distinto y más seguro. Yo no tuve esa oportunidad y, de haberla tenido, la hubiera cogido sin dudarlo. He visto morir a muchos de mis hombres como para saber que el corso no es un juego de niños.

—Perdón, padre, es que me dejo llevar por el entusiasmo, pero quiero probar y quiero hacerlo contigo, que me enseñes lo que sabes y que me reveles tus secretos. Si al final resulta que no sirvo para el corso, te prometo que me haré cargo del negocio de los barcos comerciales.

Alí Simón sabía que su hijo era un magnífico marinero y, por ende, sería un extraordinario corsario. No cabía duda de que lo llevaba en la sangre y, si era así, sería muy difícil hacerlo cambiar de opinión. No se podía ir contra la naturaleza. Su hijo El Kaid había nacido para ser un corsario.

Visto lo visto, decidió realizar su último viaje como corsario berberisco acompañado de su hijo El Kaid. Después de ese viaje, había decidido dedicarse por completo a su iniciada actividad comercial.

Se embarcaron en uno de sus recién construidos bajeles para enseñarle los secretos del corso. Sabía que la venta de esclavos seguía siendo un gran negocio con grandes expectativas de futuro, pero era una actividad no exenta de muchos y peligrosos riesgos.

Alí Simón sabía que los corsarios y piratas dominaban la mayor parte del Mediterráneo y gran parte del Atlántico sur, territorios en los que seguían abordando barcos y, que, en contadas ocasiones, hacían incursiones en las poblaciones costeras.

El corsario eligió la tripulación, quería llevarse a los más competentes con él. No quería correr riesgos innecesarios y la mejor forma de hacerlo era contar con los mejores.

Partieron al amanecer. Alí Simón sabía que su hijo tenía mucho que aprender y que la única manera de que lo hiciera era navegando. El corsario se dio cuenta de que su hijo aprendía con facilidad los conceptos marineros y que los hacía suyos de forma inmediata. Las informaciones de que su hijo era un buen marino no se alejaban en absoluto de la realidad.

Al corsario lo que le quitaba el sueño era la seguridad de El Kaid. En esta ocasión no se trataba de él, sino de su hijo, y ponerlo en riesgo era una cuestión que le preocupaba. Él era carne de su carne.

Después de unos días de navegación, se acercaron a las costas de Cabo Bojador y realizaron algunas incursiones, capturando algunos pesqueros con sus respectivas tripulaciones. Alí Simón le dijo a su hijo:

—Después de un mes y medio de navegación, creo que debemos poner rumbo hacia Argel. Como experiencia está bastante bien. Has aprendido a llevar un barco sin ayuda de nadie y lo haces casi a la perfección, hemos capturado dos embarcaciones y tenemos treinta esclavos para vender en el mercado. ¿Qué más podemos pedir? La próxima vez vendrás tú solo y estarás al mando.

—Padre, con el debido respeto, creo que deberíamos seguir hasta capturar un gran barco, una galera, un galeón o un bergantín como aquel que me contaste que abordaste frente a las costas de Portugal y con el que ganaste mucho dinero y mucha fama. Llegar a puerto con este escaso botín dejaría nuestro prestigio por los suelos.

—Hijo mío, ya tendrás tiempo de alcanzar mejores piezas. El prestigio se gana con el paso de los años y con mucha cabeza. Te he hablado de tu tío Salvador, que quiso comerse el mundo en tres días y acabó con sus huesos en una galera francesa. Quédate con lo bueno de esta experiencia, con lo que has aprendido y que podrás aplicar cuando estés tú solo en alta mar. Ahora toca regresar, hijo, y eso no admite discusión. También tienes que aprender a obedecer las órdenes de tus superiores. Aquí, en esta cubierta, no soy tu padre, El Kaid —le dijo cortando la conversación.

El hijo se dirigió a su camarote con un mohín de enfado, guardando el debido respeto y silencio que le había enseñado su padre.

El canario sabía que su hijo tenía mucho que aprender. Su juventud y su impulsividad lo llevaban a perder la perspectiva de la realidad. En cierta manera, le recordaba a él cuando era joven y le vino a la cabeza el momento en que fue capturado por el viejo corsario El Kaid. Sonrió al recordar aquella acción que le pudo haber costado la vida si no hubiera intervenido su segundo padre. El corsario supo ver en él lo que nadie había visto en un gesto de locura pasajera; vio un acto de valentía.

***

Al amanecer lo despertaron los gritos del vigía:

—¡Un galeón a babor! ¡Un galeón a babor!

Alí Simón saltó de la cama, se vistió tan rápido como pudo y subió a cubierta. Al llegar, su hijo estaba dando órdenes para dirigir la proa hacia el galeón.

—¿Qué haces, El Kaid? —le preguntó indignado.

—Pues ir a por ese galeón, esa sí es una presa digna de un pirata como tú y tu primogénito.

—Todavía tienes mucho que aprender —le dijo apartándolo del timón.

—Pero, padre, ¿qué haces? —le preguntó sin comprender.

—Dime. ¿Cuántos cañones tiene en la banda de babor? ¡Contéstame! —le gritó al tiempo que viraba en la dirección contraria a la que venía el barco español.

—Uno, dos, tres, cuatro, cinco. Veinte, padre, tiene veinte —le contestó con un grito.

—¡Señor, han puesto la proa hacia nosotros! —gritó el vigía desde lo alto del palo mayor.

—Es un galeón español y, si tiene veinte cañones en cada banda, son de los últimos que han construido. Son destructivos y muy efectivos porque ya han hundido a unos cuantos barcos berberiscos y tienen la misión de proteger la flota que va y viene de Las Américas. Que Alá nos proteja, hijo, que Alá nos proteja.

Se oyó el primer impacto a unos veinte metros de la proa del barco berberisco. Alí Simón comprobó que los pesqueros que navegaban en la popa eran un lastre, así que gritó:

—¡Corten los cabos de los pesqueros, están haciendo de lastre y están entorpeciendo las maniobras, maldita sea!

142

El Kaid saltó hacia la popa como alma que lleva el diablo, con el sable en las manos, y cortó los cabos que ataban los barcos que llevaban en la popa.

Los cañonazos se iban haciendo cada vez más frecuentes y los impactos, mucho más cercanos. Mientras, el berberisco viraba una y otra vez para escapar de los proyectiles ardientes del galeón.

El Kaid le dijo a su padre:

—Están desplegando todas las velas, padre.

—Ya lo veo. Será muy complicado escapar de sus cañonazos, no somos tan rápidos y ellos tienen veinte cañones que nos están disparando sin parar. Saben que son superiores y no nos dejarán escapar.

—¡Seguro que escaparemos, padre!

Al desplegar su velamen, el barco español aumentó su velocidad y comenzó a volar sobre el mar. Alí seguía con las maniobras de escape, aunque cada vez veía la proa del barco enemigo más cerca, hasta que un cañonazo destrozó el estribor de la proa. Alí volvió a virar, pero los proyectiles caían a un lado y a otro del bajel, a proa, a popa, a babor y a estribor, hasta que uno rompió en dos pedazos el palo mayor.

Alí Simón vio cómo caía la vela y comprendió que su aventura se había acabado, que los destrozarían a cañonazos hasta que no quedase ni rastro de su barco y se perdiera en las profundidades del Atlántico.

—Abandonen el barco, en el agua estarán más seguros. ¡Fuera, todo el mundo al agua! —gritó desesperado.

Sus hombres saltaron al agua. La mayoría perecieron ahogados porque no sabían nadar. Los más afortunados pudieron mantenerse a flote asiéndose a los restos del barco del corsario berberisco.

Alí Simón seguía agarrado al timón con la firme determinación de hundirse con su barco, viendo cómo los proyectiles caían a un lado y a otro e iban destruyendo su nave. Entonces, su hijo lo agarró del brazo y lo obligó a saltar por la borda.

Agarrados a un trozo del mástil, el berberisco y su hijo vieron cómo el mar se tragaba en pocos minutos el bajel. Se les presentaba un futuro poco alentador.

Desde el agua observaron un bote que se acercaba recogiendo a los supervivientes que no estaban malheridos y rematando a los que no servían para venderlos como esclavos o para trabajar en las galeras. Cuando el bote llegó a la altura de padre e hijo, uno de los pescadores que había sido rescatado gritó:

—¡Ese es el capitán de los piratas! Córtele el gaznate a ese perro moro que, además, es un maldito renegado.

Uno de los marineros del galeón levantó su sable para asesinar a los dos piratas, pero Alí Simón intervino y dijo en perfecto castellano:

—Soy Alí Simón, cónsul del bajá de Argel.

—Tú eres un perro infiel que será pasto de los tiburones —le contestó el marinero.

—Antes de que me ajusticien, exijo hablar con el responsable de este barco. Luego pueden ustedes tirarme por la borda o cortarme el cuello. Además, soy una buena presa, siempre me pueden intercambiar por un buen número de cautivos o cobrar un suculento rescate—les contestó con serenidad el renegado.

El marinero analizó las palabras del corsario y pensó que no le faltaba razón; era una buena pieza, así que bajó el sable y dijo:

—Está bien. La caridad cristiana y tu título moro te alargarán la vida, pero solo hasta comprobar si es verdad lo que dices. De no ser así, acabarás en una maldita hoguera, moro del diablo. ¡Súbanlos a bordo!

Después de unos minutos estaban sobre la cubierta del galeón, encadenados, empapados y tiritando de frío.

Alí Simón sabía que las posibilidades de sobrevivir eran escasas. Sabía que los piratas eran ajusticiados o, en el mejor de los casos, condenados a galeras, aunque le quedaba un hilo de esperanza al ser una persona de un alto rango en Argel.

El capitán del galeón se acercó con cierta parsimonia hacia el lugar en el que se encontraban los prisioneros. Dio dos o tres vueltas a su alrededor y le preguntó:

—¿Quién dices que eres? —le preguntó mirándolo con arrogancia.

—Alí Simón Romero Arráez, cónsul del bajá de Argel.

—Ah, Alí Simón, El Canario, el famoso corsario y bastardo renegado. Sí, hemos oído hablar de ti. ¿Y dices que eres cónsul de esa cueva de ladrones que es Argel?

—Sí, soy cónsul del bajá de Argel.

Con el bastón que tenía en su mano derecha le cruzó la cara. Del golpe cayó de bruces y le gritó:

—¡Tú no eres nada! Eres un miserable que será juzgado y quemado en la pira más grande por renegado e infiel. Además, el Reino de España no reconoce a esos moros infieles que viven del robo y de la esclavitud.

Su hijo hizo el gesto de contestar a la agresión y recibió otro bastonazo que le marcó la cara de lado a lado. El berberisco se levantó despacio para recuperar el aliento. Sintió que los pies le temblaban y que le ardía la cara. Nunca lo habían golpeado con tanta furia y rabia. Cuando estuvo en pie, Alí ayudó a levantar a su hijo. Con la mirada, le dijo que lo dejara estar y después se dirigió al capitán:

—Usted sabe tan bien como yo que para el Reino de España tengo un precio, así que le recomiendo que deje de usar la violencia gratuita, dirija su barco al puerto más cercano y póngame a disposición de las autoridades.

—También podría tirarte por la borda y los tiburones se darían un gran festín con tu carne de perro infiel y nadie se enteraría. Tú no vales nada ni eres nadie. A partir de ahora solo eres un infiel que no merece ningún respeto.

—Le repito —dijo alzando la voz para que toda la tripulación lo oyera— que soy Alí Simón Romero Arráez, cónsul del bajá de Argel y general de la Armada argelina.

—Te hemos oído. Se acabó la conversación. En una semana estaremos en el puerto de la Gran Canaria para que seas juzgado por el Tribunal de la Santa Inquisición. Ellos serán los que decidirán qué hacer contigo.

—Lo que Alá disponga lo aceptaré de buen grado.

El capitán volvió a golpearlo con tanta fuerza que Alí Simón cayó de bruces y casi perdió el sentido. Esta vez el golpe fue directo a la sien derecha. Sentía un dolor que casi no podía soportar. Apretó los dientes y con mucha dificultad logró levantarse gracias a la ayuda de su hijo. Había perdido el sentido del equilibrio y se le había nublado por completo la vista.

—¡Maldito renegado! Si pudiera, aquí mismo te ajusticiaba. Te salvas porque hay muchos cristianos de bien pudriéndose en las cárceles de Argel y tú o tus adláteres podrían ser la moneda de cambio para su liberación. Bájenlos y téngalos a pan y agua durante el trayecto. Estos son traidores y enemigos, y como tales hay que tratarlos. ¡No tengan compasión! Ellos nunca la han tenido con los cristianos de buena fe que han capturado. Hay que pagarles con la misma moneda.

Los bajaron a la bodega y los encerraron en un habitáculo que hacía las veces de celda. Cuando estuvieron solos, Alí Simón le preguntó a su hijo:

—¿Cómo te encuentras?

—Bien, padre, bien —dijo cabizbajo—. ¿Cómo te encuentras tú? Ese malnacido te ha dado dos buenos golpes.

—Me encuentro bien, algo dolorido, pero bien. Todavía me quedan fuerzas.

—Por mi culpa estamos aquí. Si no hubiera puesto la proa hacia ellos, no estaríamos en esta situación y hubiéramos escapado porque nos hubieran confundido con un pesquero.

—No te mortifiques con eso, hijo. Ellos sabían que éramos corsarios. No olvides que llevábamos tres pesqueros a nuestra popa. Ese navío de guerra hubiera ido a por nosotros y tarde o temprano nos hubiera alcanzado. Hubiéramos tenido una oportunidad si lo hubiésemos divisado con mucha antelación y no lo hubiéramos tenido tan cerca, pero ese no era el caso. Tenemos que centrar nuestros esfuerzos en sobrevivir. Somos unas piezas valiosas y nos podrán intercambiar e incluso cobrar por nuestro rescate.

—Yo soy el culpable de esta situación, padre —volvió a decir El Kaid sin escuchar a su padre—. Si no hubiera insistido en que me acompañaras, estarías tranquilo en Argel. Si te hubiera hecho caso para hacerme cargo de nuestros tres barcos comerciales...

—Estoy aquí porque quise, nadie me obligó. Llevo muchos años navegando y conozco a la perfección los riesgos de ser un pirata y este es uno de ellos. Tienes que saber que cada vez que nos embarcamos nuestras vidas se ponen en riesgo. Así es la vida del corsario, siempre pendiendo de un hilo. Te lo he contado alguna vez, el mejor corsario que he conocido, El Kaid, murió en una batalla. Si salimos de esta, que espero que así sea, tienes que valorar lo que tienes a tu alcance. Los riesgos hay que asumirlos cuando no nos queda otra salida, cuando no hay otro camino que seguir. Yo me convertí en corsario porque no tuve otra alternativa. Era la única manera que tenía de ganarme la vida. Tú, hijo, tienes ante ti nuevas posibilidades. No dudes en aprovecharlas. Tienes que aprender de esta situación.

—Sin embargo, padre, a mí me gustaría ser un corsario, navegar y labrarme mi propio futuro como hiciste tú.

—Quizás que nos hayan apresado sea una señal que nos ha enviado Alá. Si después de esto quieres seguir siendo un corsario, yo no te lo voy a impedir, hijo, pero no tienes necesidad de ser un corsario; otros no tienen otra salida. Así que reflexiona, analiza lo que tienes a favor y lo que tienes en contra. Vas a tener tiempo, mucho tiempo para pensar.

—Gracias, padre. Lo único bueno de estar aquí es que estás conmigo y eso me da fuerzas para soportar el calvario que se nos viene encima.

—Resistir, hijo, resistir, no nos queda otra salida. Apretar los dientes y seguir adelante.

El galeón echó el ancla en el fondeadero de la Bahía de Las Isletas. Alí Simón, al subir a cubierta, volvió a respirar el aire de la tierra que hacía más de treinta y dos años que había abandonado para ir a pescar a las costas de Cabo Bojador. Reconoció las playas, las montañas y la ciudad, poco habían cambiado. Miró a su hijo y le dijo con lágrimas en los ojos:

—Aquí nació tu padre. En esta tierra de gente noble y agradecida.

—Y quizás no volvamos a salir de aquí, padre —le dijo su hijo con pesimismo.

—Eso está por ver. Por suerte, tu padre, hijo mío, ha sembrado en el alma de esta tierra y a lo mejor veremos los frutos. Alá nos protege.

Un marinero interrumpió la conversación con el sonido de un látigo que crujió en la madera de la cubierta y les dijo:

—Menos cháchara y a caminar, que van a pasar unas semanas en el sitio más acogedor de la Gran Canaria.

Después de que el bote llegara a tierra, Alí Simón y su hijo El Kaid fueron conducidos a las mazmorras de la fortaleza del Castillo de Mata y los miembros de su tripulación fueron vendidos como esclavos al mejor postor

.

Obispo y abogado

El obispo Bartolomé García Ximénez Rabadán estaba de reposo definitivo en la isla de Tenerife cuando entró en su despacho su secretario y le dijo:

—Buenos días, Ilustrísima.

—Buenos días, Miguel. ¿Qué es tan importante para que interrumpas la redacción de mis escritos?

—Sé, señor, que me ha dicho que solo lo importune con asuntos de suma importancia y creo que este lo es.

—¿De qué se trata, Miguel? —dijo algo incomodado.

—Se trata de un juicio de la Inquisición, Ilustrísima.

—Por Dios, Miguel, he dado las órdenes oportunas para que esos temas se lleven en la sede episcopal y, cuando es menester, redacto el correspondiente informe para el tribunal. Supongo que este asunto será diferente. Cuénteme, que me tiene en ascuas.

El secretario se acercó al obispo y le dijo con un tono solemne:

—Se trata de Simón Romero, Alí Romero. ¿Recuerda, Ilustrísima? El renegado.

Al prelado le vino a la memoria el intercambio de cartas y la puesta en libertad de los cautivos hacía unos pocos años.

—Claro que lo recuerdo, Miguel, cómo iba a olvidarlo. Estoy viejo y enfermo, pero tengo la memoria intacta. ¿Qué pasa con él?

—Que lo capturaron frente a las costas de Berbería y será juzgado por el Santo Tribunal. Mucho me temo que, si nadie lo remedia, será condenado a la hoguera.

El obispo sabía que la Inquisición no tendría compasión con el converso y lo condenaría sin paliativos a la quema.

—¿Qué vamos a hacer, Miguel? —preguntó al aire sin buscar una respuesta.

—No lo sé. Solo quería que lo supiese. Quizás usted quiera escribir un informe a favor del corsario porque sabemos que ayudó a muchos de sus paisanos y que liberó a unos cuantos a través de su mediación. Quizás el tribunal tenga en consideración sus palabras y evite lo inevitable.

El obispo analizó las palabras de su secretario con rapidez y dijo:

—Ese informe no servirá de nada. Conozco muy bien a los componentes del Santo Tribunal y sé que mis palabras caerán en saco roto.

—No pierde nada por intentarlo, Ilustrísima. Sé que tiene a ese renegado en buena estima.

—Sí, Miguel, no te equivocas, lo tengo. Creo que la única forma de ayudarlo será ir en persona a intentar mitigar la condena, por lo menos que escape de la muerte a la que está predestinado.

—¿Cree usted necesario hacer ese viaje? Recuerde que nuestra experiencia con los barcos ha sido, en la mayoría de los casos, catastrófica. Miedo me da volver a embarcarme.

—Ya lo sé, Miguel. Nos encomendaremos a Dios Padre, pero recuerde que hemos salido victoriosos de los embates del mar si mal no recuerdo. Salimos sanos y salvos de nuestro primer viaje, casi no lo contamos, y también de la tormenta en el Caribe cuando salimos de Puerto Rico, ¿lo recuerda?

—¡Cómo habría de olvidarlo, Ilustrísima!

—Y de la tormenta cuando hicimos la primera visita pastoral a isla de La Palma y la que nos acompañó cuando fuimos a conocer por primera vez nuestra sede episcopal en Gran Canaria y que fuimos a parar al otro extremo de la isla. Nuestra relación con el mar ha sido un tanto particular y no será ahora que nos echemos para atrás cuando ese supuesto infiel nos necesita.

—Y no se olvide de la tormenta que nos acompañó cuando fuimos a hacer su visita pastoral a la isla de Fuerteventura.

—Cierto, Miguel. Ya ves, de esa no me acordaba. La edad, viejo amigo, hace sus estragos en la memoria. No olvides que en pocos días estaremos en septiembre y este es un buen mes para navegar, los vientos amainan y el mar se tranquiliza. Sabes que la experiencia es un grado. Así que prepáralo todo para viajar a Gran Canaria lo antes posible. Mejor hoy que mañana.

—Así se hará, Ilustrísima.

El obispo llegó a Gran Canaria en una vieja carabela, sin novedades, acompañado de buenos vientos y la mar llana. Al pisar tierra, le dijo a su secretario particular:

—Parece que hemos firmado la paz con Neptuno, Miguel. No te podrás quejar del magnífico tiempo que hemos tenido. Incluso he disfrutado de la navegación, cosa rara en mí.

—Sí, Ilustrísima, al final usted tenía razón; septiembre es un buen mes para navegar.

***

Al llegar a la sede episcopal, el obispo ordenó a su secretario que le concertase una cita con el inquisidor lo antes posible, ya que estaba previsto que el juicio comenzara en unos días.

Así, a las diez de la mañana del día siguiente se celebró la reunión entre el obispo y el inquisidor en la sede episcopal.

El inquisidor entró en el despacho y, después de solicitar el correspondiente permiso, se sentó. El prelado levantó la cabeza y dijo:

—Sé que le extraña que lo haya llamado para una cuestión tan particular y más relacionada con un renegado pendiente de juicio por herejía.

—Sí, Ilustrísima. Todavía me estoy preguntando por qué un señor obispo tiene tanto interés en este procedimiento y que haya venido nada menos que de la isla de Tenerife a interesarse por este asunto.

—Mi interés no es otro que el que dicta mi conciencia cristiana. Conozco al reo, señor Pérez, y me gustaría, dentro de las posibilidades que establezcan las leyes vigentes, poder ejercer de abogado defensor del acusado Simón Romero Arráez, más conocido como Alí Simón o Alí el Canario.

El inquisidor se revolvió en su silla. Que un obispo quisiera defender a un renegado que, además, era un corsario de reconocido prestigio en Argel no se lo podía creer. Jamás había oído algo semejante.

—El procedimiento está en marcha, Ilustrísima, y se le ha asignado un abogado de oficio. No sería normal cambiar de abogado a estas alturas del proceso.

El prelado sonrió, se levantó y, con las manos puestas en la espalda, dijo con tranquilidad:

—Sé que los reos han rechazado al abogado y estoy convencido de que aceptarán que yo los defienda.

—Pero, señor obispo, tenga en cuenta que el que hayan rechazado al abogado de oficio no es razón para que se le asigne uno para su defensa. Además, es muy irregular que su Ilustrísima se presente así, sin previo aviso, como su abogado defensor. Es algo inaudito.

—Sí, reconozco que no es normal, pero tengo mis razones y muy poderosas para defender a esos dos reos, aunque sé que las acusaciones son muy graves y muy complicadas de rebatir. Sin embargo, me gustaría estar presente en ese juicio como abogado defensor y sé, señor Pérez, que es posible.

—Posible, posible, es y más si viene de la más alta representación de nuestra Santa Madre Iglesia en estas Islas. No voy a ser yo quien se oponga a tal petición, pero la necesitaré por escrito, Ilustrísima.

El obispo Bartolomé García Ximénez de Rabadán sabía que era inusual que un obispo ejerciera de abogado defensor, pero también sabía que era posible, por esa razón había solicitado la petición.

—Gracias, señor Pérez, no olvidaré este acto de caridad y flexibilidad tan cristiana que otros hubieran rechazado de pleno.

—Sepa, Ilustrísima, que el señor fiscal ha establecido las acusaciones y los reos las han reconocido, en confesión notarial, por lo que en el juicio tiene pocas posibilidades. Usted sabe que, cuando los acusados reconocen la culpa, la cuestión se dirime en una sola sesión y este es el caso.

—No se preocupe, estoy al tanto de esos detalles y sé que es difícil combatir contra los hechos probados, pero quiero intentarlo. Por esa razón, y como primer paso, me gustaría poder hablar con los reos antes de que comience el juicio.

—Cuando usted quiera, Ilustrísima. Los dos reos están en el Castillo de Mata.

—Perfecto, iré esta misma tarde a visitarlos.

—Daré las órdenes oportunas para que pueda hacer la visita sin ningún tipo de problemas. Si no tiene más que tratar, me despido, Ilustrísima. Tengo multitud de expedientes encima de la mesa que tengo que resolver antes de que acabe el año.

—Vaya con Dios, señor Pérez, y le reitero las gracias por haber accedido a mi petición.

El inquisidor se levantó y salió de la sala en la que estaba el despacho del prelado. Al poco, entró el secretario y le dijo asombrado:

—¿He oído bien, Ilustrísima? ¿Será usted el abogado defensor de Alí Romero?

—Sí, Miguel, has oído bien con esas orejas tan grandes que tienes y que están atentas a cualquier murmullo, incluso el de una mosca.

—Pero, Ilustrísima, ¿cree conveniente exponerse de tal manera por un renegado que se ha confesado musulmán?

—A estas alturas de mi vida, estimado Miguel, poco me importa el qué dirán. Sé que pronto estaré ante el Altísimo. Es a él a quien tengo que dar cuentas y sé que no me reprochará este acto cristiano de defender al indefenso. Ya sabes lo que decía el Señor Jesucristo, hay que intentar redimir al cautivo. Eso intento y más en el caso que nos ocupa.

—Llevo muchos años a su servicio, Ilustrísima, y puedo decir que lo conozco muy bien. Por esa razón sé que, a pesar de que esta actuación suya pueda parecer una locura, obra de buena fe y que, si hay cualquier atisbo de pecado en su comportamiento, Dios sabrá perdonarle.

—¡Ay, Miguel! Sé que mi participación en este caso no es normal, no se lo voy a negar. Pero nunca olvide que la principal misión de un cristiano es ayudar al prójimo. En eso estamos, estimado secretario.

Ese mismo día por la tarde el obispo se acercó junto a su secretario hasta el Castillo de Mata. Los acompañaron dos soldados que los llevaron hasta las mazmorras del edificio. El prelado bajó no sin dificultad las empinadas escaleras que conducían hasta las celdas. Dos antorchas les iban iluminando el camino al tiempo que les llegaba un fuerte olor a humedad y a podredumbre acompañado de una ligera brisa que hacía bailar las llamas de las antorchas.

Uno de los soldados les indicó la celda, la abrió y colocó una de las antorchas en la pared. Entonces, la celda se iluminó.

El obispo se acercó hasta los dos reos esperando a que sus viejos ojos se acostumbrasen a la oscuridad. Cuando al fin pudo ver con cierta claridad, dijo:

—Buenas tardes, soy el obispo Bartolomé García Ximénez de Rabadán y no tenemos el gusto de conocernos en persona, Simón.

Alí Simón recordó el nombre que había oído y le contestó:

—Buenas tardes, señor obispo, por decir algo. En esta celda oscura no sabemos en qué día estamos, ni sabemos si es de noche o de día. ¿A qué debemos su visita?

—Sé que ha rechazado al abogado que el Santo Oficio le ha asignado.

—Usted sabe mejor que nadie que la sentencia está escrita y firmada. Los acusados por herejía y renegados confesos terminan en la hoguera y allí terminaremos nosotros. Para eso no necesitamos a ningún abogado.

—Estoy aquí porque quiero ser su abogado defensor y, si usted me lo permite, lo seré. El asunto está hablado con el juez titular del tribunal y no ha puesto impedimentos en que ejerza como tal.

Alí Simón no podía creerse lo que estaba oyendo ni podía entender qué hacía el obispo de Canarias en aquella celda con la sana intención de ser su defensor.

—Tendrá una tarea muy complicada. Los hechos están claros y probados. Hay poco que defender —le manifestó con pesar Alí Romero.

—Lo sé. Sin embargo, el caso no está perdido. Lo primero que tiene que hacer es aceptarme como abogado. ¿Está usted de acuerdo en que los represente?

Alí Simón miró hacia su hijo y le preguntó:

—¿Qué te parece que nos represente el señor obispo?

—Padre, lo que usted decida estará bien.

—No se hable más, Ilustrísima. Será nuestro abogado.

—Si estamos de acuerdo en eso, nuestro primer paso será que rectifique la declaración que hizo ante el notario, en la que se reconocían ser musulmanes y abjuraban de la religión católica. La declaración sería la base de mi defensa y así podré desmontar la acusación de herejía y mahometismo planteada por el fiscal.

Alí Romero se quedó en silencio y luego dijo:

—Nosotros somos musulmanes, Ilustrísima, y no vamos a retractarnos, ni vamos a realizar una declaración en ese sentido.

—Pensé que se habían declarado musulmanes para evitar los tormentos y las torturas.

—Usted bien sabe que adopté la religión de Mahoma con la conciencia abierta y no he cambiado de opinión. Mi hijo también piensa lo mismo.

—No olvide, Simón, que, si reconocen a la religión católica como suya, podrán evitar la pena capital y no terminarán en una hoguera. La vida es el bien más preciado que tiene el ser humano.

—Ilustrísima, póngase en mi lugar, ¿usted rechazaría ser cristiano bajo pena de ser quemado en una pira?

—Por supuesto que no. Sin embargo, este caso es distinto, Simón.

—No es distinto. Usted mantendrá la fe en Cristo hasta el fin de sus días; yo mantendré la fe en Alá hasta el final de los míos.

—Es usted un hombre de fuertes convicciones y eso es de alabar. Sepa que, si mantiene la declaración que hizo, será muy difícil que mi defensa llegue a buen puerto.

—Desde el momento en que nos capturaron, sabíamos que nuestra situación sería complicada. Pensábamos que quizás podíamos ser utilizados como moneda de cambio para liberar a unos cuantos cautivos en Argel.

—En este caso, Simón, será casi imposible. Estoy convencido de que el tribunal de la Inquisición ha valorado ese aspecto de la cuestión. Pero juzgar y condenar a un renegado que, además, es un corsario de tanta relevancia tiene un valor ejemplarizante que no van a dejar pasar. De ahí mi insistencia en que rectifique su primera declaración. Es una manera de dejar sin efecto la ejemplaridad de la condena.

El corsario sabía que lo que le decía el obispo era verdad, pero él no estaba dispuesto a dejar atrás su profundo convencimiento religioso.

—Ante este panorama, solo nos falta encomendarnos a Dios, Ilustrísima. Usted a su Dios y yo, al mío.

—Pues que sea lo que Dios quiera, Simón, y que nos guíe y nos ilumine por este tortuoso camino.

El obispo abandonó la cárcel dándole vueltas a la cuestión, pensando que la defensa del corsario sería muy complicada. Tenía muchas posibilidades de ser un rotundo fracaso. Sin embargo, él no iba a rendirse e iba a presentar batalla

.

El juicio

Al cabo de unas semanas, Alí Simón fue conducido ante el Tribunal de la Santa Inquisición acusado de herejía y mahometismo.

En la única sesión que se celebró, el inquisidor entró con mucha parsimonia en la sobria sala de juicios que la Santa Inquisición tenía en Las Palmas. Los reos estaban en pie frente al tribunal que los iba a juzgar. El primero en tomar la palabra fue el juez del tribunal que manifestó:

—Estamos aquí reunidos para resolver una acusación contra Simón Romero Arráez, nacido en esta plaza. En este mismo acto, también juzgamos a su hijo, que dice llamarse El Kaid Romero. Se les acusa de herejía y mahometismo. El acusado ha manifestado que su nombre es Alí Simón Romero Arráez y que es cónsul del bajá de Argel. Ha quedado demostrado que los acusados han renegado de la Santa Religión Católica y Apostólica. Tiene la palabra el señor fiscal.

—En la confesión que realizaron los acusados ante notario —comenzó a hablar el fiscal—, ha quedado demostrado que las acusaciones planteadas por este fiscal se corresponden con la verdad. Si es necesario, aportaremos los testigos que sean necesarios para apoyar los hechos que se presentan, pero vista la declaración de los reos no creo necesaria la declaración de esos testigos. En todo caso volveré a preguntar a los acusados si ratifican sus declaraciones notariales. Con la venia del tribunal, procedo a realizar la pregunta. ¿Ratifican ustedes lo manifestado en el acta notarial en la que abjuran de la religión católica y se mantienen fieles a la religión mahometana?

—Mantenemos por cierto lo manifestado ante el notario —dijo Alí Simón.

—Que conste en acta lo dicho por el acusado. No tengo más preguntas, señoría.

—Tiene la palabra el Ilustrísimo señor obispo Bartolomé García Ximénez de Rabadán.

El obispo se levantó despacio y, con dificultad, como buscando las palabras que tenía que decir, habló:

—Con la venia de su Excelencia —dijo dirigiéndose al acusado y hablando de forma muy pausada—. Conozco lo que se ha manifestado en este tribunal porque me lo ha manifestado en los últimos días. Soy consciente de la gravedad de sus manifestaciones que hasta a mí me causan dolor y repulsa como a todo buen cristiano. Las acusaciones del fiscal tienen un fundamento más que suficiente que no voy a discutir aquí. Lo que este tribunal no sabe es que conozco al acusado desde hace algunos años y muchos cautivos también. Tuve la oportunidad de mantener correspondencia con el reo durante un tiempo. En esas misivas rogué al acusado que volviera al seno de nuestra Santa Religión Católica, pero rechazó tal ofrecimiento. Sin embargo, la situación en la que nos encontramos es muy distinta, Simón. Las acusaciones que en este acto se vierten contra usted son gravísimas. No sé si es consciente de que puede terminar convertido en cenizas en el quemadero de la trasera del Convento de Santo Domingo o morir en una galera.

—Soy consciente, Ilustrísima, y recuerdo muy bien las misivas que nos enviamos en relación con los cautivos que tenía a mi servicio —manifestó Alí Simón.

—Parte de este tribunal desconoce, y lo manifiesto aquí para que conste en el acta correspondiente, que usted es un buen cristiano —prosiguió el obispo.

—¿Qué está usted diciendo, señor obispo? Un buen cristiano no reniega de su religión abrazando la religión de los infieles— manifestó indignado el inquisidor.

—Sé de lo que hablo, señoría, deje que me explique —le contestó con tranquilidad el prelado.

—Pero este reo ha confesado ante este tribunal que es un renegado de la religión católica y usted sabe que la confesión de culpabilidad es considerada como prueba plena para ser condenado —le respondió el fiscal.

—Lo sé, señor fiscal, soy consciente de la gravedad de lo declarado por los acusados en este tribunal. Sin embargo, tengo la obligación moral de exponer ante ustedes lo que yo crea que pueda ayudar a la absolución de mi defendido. Por esa razón, insisto en que este hombre es un buen cristiano que oculta su alma bajo la religión de los infieles porque no le ha quedado otra salida. Ha vivido mucho tiempo entre los musulmanes y no ha podido impedir su maligna influencia. Dios es testigo de lo que digo y yo también, señoría.

—Explíquese, por favor, Ilustrísima. Pero sepa que sus argumentos, aunque sean de peso y merezcan la mayor de las consideraciones, no harán cambiar de opinión a este tribunal porque las acusaciones que hay sobre estos reos son gravísimas y el reconocimiento formal de ellas es más que suficiente —advirtió el inquisidor.

—Eso haré, señoría. Hace algunos años tuve conocimiento de que muchas familias canarias tenían familiares que habían sido apresados en Berbería y hechos esclavos por un pirata berberisco que se hacía llamar Alí Simón y que había nacido en estas tierras. Ese Alí Simón es el acusado que está siendo juzgado por este Santo Tribunal. Después de muchas dificultades, pude ponerme en contacto con él a través de algunas cartas personales. En esa correspondencia, le rogué en repetidas ocasiones que diera la libertad a los esclavos canarios. Después tuve conocimiento de que les prestaba el dinero suficiente para que comprasen su libertad y así evitaba que fueran vendidos como esclavos y los acogía en su casa hasta que podían devolverle el préstamo. A partir del conocimiento de esta circunstancia, insistí a través de algunas misivas para que pusiera en libertad a los esclavos canarios que estaban bajo su custodia. A finales de diciembre de 1686 recibí la agradable noticia de que el acusado había condonado la deuda a los esclavos que, felizmente, regresaron sanos y salvos a Canarias. Aporto ante este tribunal la carta y los testimonios de los cautivos que fueron puestos en libertad y, si fuese necesario, estarían dispuestos a prestar declaración si este tribunal lo estimase oportuno.

—Usted tiene un especial interés en este caso, señor obispo. Olvidando que el reo es un infiel, que ha abjurado de la fe cristiana y lo ha reconocido ante este tribunal, eso es causa de una condena sin paliativos —volvió a insistir el inquisidor con cara de muy pocos amigos.

—Sin duda, los hechos son inapelables, pero insisto, debajo de esa parafernalia de infiel convencido se oculta un buen cristiano y los hechos lo demuestran. Con toda seguridad puede ser condenado por sus actos de piratería, pero no por hereje, porque sus actos son de una manifiesta y aplastante caridad cristiana —manifestó el obispo.

—No dudo de que la puesta en libertad de esos esclavos fuera un acto de caridad cristiana, pero aquí no estamos juzgando ese acto, sino el acto de apostatar de la religión con la que fue bautizado. Ese es el acto, ese es el pecado y por eso será condenado. Y si a esto añadimos sus actividades de piratería durante tantos años y el daño que ha hecho a la Corona de Castilla, tenemos pruebas suficientes para imponerle la más dura condena, que no puede ser otra que ser quemado en una pira para que expíe sus pecados —sentenció el inquisidor.

—Pero me gustaría…

—¡No hay más que hablar! —le interrumpió el inquisidor—. La sentencia será leída en este mismo acto. Así, *Christi nomine invocato*, fallamos, atentos a los autos y merecimientos del dicho proceso inquisitorial e indicios y sospechas que resultan contra

Simón Romero Arráez e hijo, que los debemos condenar y condenamos a ser quemados en la hoguera. Así, mandamos cumplir la sentencia en gracia de la erradicación de las herejías y apostasías probadas ante este tribunal.

El inquisidor se levantó sin dirigirse al obispo y salió acompañado por el otro miembro del tribunal, enojado, mientras el secretario redactaba la sentencia.

Alí Simón no perdió la compostura mientras el obispo se acercaba hasta donde él estaba y le dijo:

—Intentaré por todos los medios que la sentencia no se cumpla, haré una petición de gracia.

—Se lo agradezco. Usted ha hecho lo posible. No se implique más en este asunto porque le perjudicará. La Santa Inquisición tiene mucho poder, usted lo sabe, y sus tentáculos llegan a los lugares más insospechados.

—Ya me está perjudicando. Redactaré esa carta solicitando la gracia y que la pena sea conmutada por prisión.

—Mi destino está escrito —le dijo Alí Simón mirándolo a los ojos y agradeciéndole lo que había hecho por él y su hijo.

***

Al día siguiente, el obispo redactó la carta de petición de Gracia y se la dio al secretario para que la enviase al tribunal. Su secretario la leyó y luego comentó:

—Usted era consciente de que no se podía hacer nada, Ilustrísima, e hizo lo que estaba en su mano para impedir la condena que estaba decidida antes de que comenzara el juicio. Vuelve a insistir y vuelve a exponerse defendiendo a Simón Romero. ¿Por qué lo hace, Ilustrísima?

—Por la misma razón por la que él puso en libertad a sus cautivos, por caridad cristiana, Miguel. Ese hombre, aunque jure que es un discípulo de Alá, tiene un corazón cristiano y en eso nadie, ni la Santa Inquisición, me hará cambiar de opinión. Los hechos están ahí, los testigos lo dicen y lo juran ante la Biblia. De no ser por el renegado, jamás habrían regresado a su tierra. Esos son los hechos. Ni ese hombre ni su hijo deberían morir en la hoguera; quizás pagar su pena por dedicarse al corso, pero no por confesarse musulmanes.

—Con la edad usted se está haciendo muy benevolente y se olvida de los principios de la fe cristiana, Ilustrísima.

—Los únicos principios que yo sigo son los de Dios Nuestro Señor que, en muchas ocasiones, se alejan de los establecidos por nuestra Santa Inquisición, que no ve más allá de los preceptos que han establecido a lo largo de estos últimos siglos. Jesucristo perdonó a una prostituta e incluso a aquellos que lo clavaron en la cruz. Recuerda sus palabras: «Padre, perdónalos, porque no saben lo que hacen». Envíe la carta, Miguel, aunque sepa cuál será la contesta.

—La llevaré en persona, Ilustrísima.

—Gracias, Miguel.

El Santo Tribunal le contestó ratificando la sentencia que había dictado. Así que ese mismo día ordenó a su secretario que concertara una cita con Alí Simón para comunicarle la sentencia definitiva.

El obispo se presentó a media tarde junto a su fiel secretario y, como en la vez anterior, fueron conducidos por dos soldados. Uno de los militares abrió la celda. El obispo entró solo y les preguntó:

—¿Cómo están?

—Nos tratan bien, mejor que cuando llegamos. El trato ha mejorado y la comida también. Quizás se deba a que tenemos como abogado y amigo al Ilustrísimo obispo de Canarias y eso vale su peso en oro.

—Tenerme como abogado defensor no lo ha librado de la pena máxima —manifestó con pesar—. A eso he venido, a comunicarle que el tribunal ha rechazado la petición de gracia que, por otro lado, era de esperar.

—Tampoco nosotros hemos ayudado mucho a su defensa, pero pensar que el tribunal se iba a apiadar por haber dejado en libertad a unos cuantos cautivos era mucho pensar.

—Nos habría ayudado una declaración de abjuración de la religión musulmana.

—Lo sé, Ilustrísima, pero quizás nos habrían hecho confesar nuestros supuestos delitos con una buena serie de sesiones de tortura y al final habría sido lo mismo.

—Quizás. Lo cierto es que no hay marcha atrás. La sentencia es definitiva y se cumplirá en unos días. ¿Quiere que haga algo por usted?

—Me gustaría ver a mis padres y que conozcan a su nieto.

El obispo guardó silencio durante unos segundos y después dijo:

—Su padre murió hace tres meses y su madre está postrada en cama desde que su padre murió. Según me han comunicado, está muy enferma. Pensé que lo sabía, Simón. Un hermano suyo la está cuidando, pero no creo que pueda trasladarse hasta aquí. Lo siento mucho.

El corsario suspiró, se llevó las manos a la cara y dijo:

—Me hubiera gustado verlos por última vez. A mi madre no la veo desde que me fui hace más de treinta años. Recibía una carta una vez al año de mi hermano Gaspar en la que me contaba cómo había ido el año. Es una pena. Al final lo único que te queda es la familia.

—Si quiere, le puedo decir a su hermano que venga a visitarlo. No está permitido, pero lo puedo arreglar, Simón. Todavía me queda algo de influencia.

—No, déjelo estar. Solo dígale que estamos bien, que Alá nos protege, que siga cuidando de nuestra madre y que gracias por cumplir nuestro acuerdo.

—Se lo diré solo una vez, si cambia de opinión y quiere volver a la religión católica, estaré dispuesto a venir a confesarlo antes de que se ejecute la sentencia.

—Gracias, Ilustrísima, por preocuparse por mí, pero estaremos bien.

—Que Dios, sea cual sea, los acoja en su gloria —dijo el obispo. Luego salió de la celda y se dirigió hasta su sede.

Alí Simón se quedó junto a su hijo sin decir nada, sumidos en una total oscuridad. Al fin, su hijo, apesadumbrado, dijo:

—Parece que este es nuestro fin, padre, y que moriremos en la hoguera.

—De nada vale quejarse, hijo. Afrontaremos esta situación con valentía y coraje porque es lo único que nos queda.

—Yo no quiero morir, padre —dijo El Kaid sollozando.

—Ven aquí, hijo, acércate y abrázame. Te voy a contar aquella historia que te contaba cuando eras un niño, ¿recuerdas? La del pez gigante que quería ser un pez pequeño.

—Sí, padre, claro que la recuerdo. Cuéntamela.

—Había una vez un pez gigante que quería ser pequeño. Era tan grande que, cuando subía a la superficie, parecía una isla y su sombra oscurecía el fondo del mar...

Hay que creer en los milagros

Pasados unos días, Bartolomé García supo la fecha en la que se iba a ejecutar la sentencia de muerte a los dos berberiscos. Sabía que era una injusticia porque, a pesar de su pasado y presente como pirata, Alí Simón no merecía morir en la hoguera.

Caminaba en su despacho de un lado para otro hasta que entró su secretario y le dijo:

—El barco tiene previsto salir hacia Tenerife en dos días, Ilustrísima, y usted parece que no tiene mucha prisa por subirse a él. Sepa que, si lo perdemos, tendremos que quedarnos de una semana a diez días más y sé que usted quería volver lo antes posible.

—Aún estoy al tanto de los días y de las horas, Miguel. Tengo mi cabeza en otro asunto que me preocupa más que perder ese barco.

—¿No estará dándole vueltas al asunto del corsario? Sabe que no se puede hacer nada. La sentencia es definitiva y se cumplirá dentro de dos días. Ni siquiera un milagro lo salvará de la hoguera. Las sentencias de la Inquisición son inamovibles, Ilustrísima.

El obispo lo sabía, pero él no estaba pensando en la sentencia, sino buscando otra salida más drástica.

—Tienes la virtud de recordarme lo que ya sé, Miguel. Además, sabes que los milagros existen. Si no fueran por ellos, tú y yo estaríamos junto a Dios Padre. No hará falta que te recuerda las veces que hemos escapado de una muerte segura.

—Sí, Ilustrísima, sé que los milagros existen —dijo recordando las tormentas de las que habían escapado en la mayoría de sus viajes.

—¿Recuerdas al general que estaba custodiando a Simón Romero? —le preguntó desde el ventanal y sin dejar de mirar al océano.

—Sí, lo recuerdo.

—¿Y recuerdas el comentario que hizo sobre sus tres hijos que estaban cautivos en Argel?

—Sí, perfectamente.

—Me gustaría tener una entrevista con él hoy mismo.

—¿En qué está pensando, Ilustrísima?

—En que nuestro Señor Jesucristo nos termina por mostrar el camino, estimado Miguel. Por muy oscura que sea la noche, la luz de una vela nos puede iluminar el camino.

—¿No me puede adelantar nada de lo que tiene en su cabeza? —le preguntó Miguel con sumo interés.

—No, tráeme al general. Luego te adelantaré los detalles si fuera menester. ¡Venga! Corre a buscarme al militar que el tiempo va en nuestra contra.

***

Las campanas de la catedral estaban dando las doce cuando el secretario tocó en la puerta del despacho del prelado y preguntó:

—¿Se puede, Ilustrísima? Está aquí el general Goez.

—Hazlo pasar.

El general entró y se dirigió hacia la mesa. Se cuadró y dijo:

—Buenos días, Ilustrísima.

—Siéntese, general Goez. Se estará preguntando por qué lo he citado en la sede episcopal.

—Sí, desconozco las razones, pero estoy aquí para servirle en lo que pueda.

—Sé que usted tiene tres hijos cautivos en Argel y me gustaría conocer con detenimiento su caso.

El capitán se revolvió en su asiento y endureció sus facciones. El asunto de sus hijos lo entristecía, lo irritaba de tal manera que casi no le dejaba conciliar el sueño.

—Sí, están en Argel desde hace dos años. Tienen veinte, diecinueve y diecisiete años. Los capturaron al norte de la isla de Lanzarote cuando venían de Cádiz. He intentado liberarlos, pero me piden mucho dinero y usted sabe que la soldada no da para mucho.

He solicitado ayuda a los trinitarios, pero ellos centran sus esfuerzos en los que no tienen recursos. Maldigo a esos corsarios y que Dios Padre no tenga ninguna piedad para con ellos, Ilustrísima. Si le soy sincero, no entiendo cómo pudo acceder a la defensa de esos infieles que se dedican a esparcir el miedo y el terror por los mares.

—Entiendo y comparto su dolor, general Goez, pero no estamos aquí para discutir las razones de mi defensa, estamos aquí para otra cosa.

—No lo entiendo, Ilustrísima.

—¿Usted sabe quién es Alí Romero?

—Sí, lo sé. Estuve muy atento a sus palabras en el juicio.

—Por tanto, sabrá que es una persona muy importante e influyente en Argel. Amigo directo del bajá de Argel y, además, un hombre muy rico.

—No sé a dónde quiere llegar, Ilustrísima —dijo el general confundido y preguntándose qué hacía allí.

—Usted es un militar con experiencia, tiene muchos amigos en esta plaza y habrá muchos que le deben favores.

El militar se levantó despacio al vislumbrar lo que le estaba planteando el sacerdote.

—Siéntese, general Goez. Déjeme terminar, después puede irse, pero antes oiga mi planteamiento.

El general se sentó y dijo:

—Le escucho.

—El asunto es que no quiero que el corsario y su hijo mueran en la hoguera porque no se lo merecen y creo que tendrían que pagar sus pecados en la cárcel, quizás, hasta que se mueran.

—Estuve atento a sus argumentos —le interrumpió el general.

—Déjeme terminar, señor Goez. He intentado apelar a una medida de gracia para que les condonen la pena de muerte por una cadena perpetua. Sin embargo, el Santo Tribunal no ha accedido a mi petición y la sentencia se cumplirá si no intervenimos.

—¿Intervenir? ¿Impedir que se cumpla esa sentencia tan justa? —le preguntó casi gritando el general.

—General Goez, le voy a exponer mi plan, después lo valora y, si no está de acuerdo, aquí paz y en el cielo gloria. Pero si no se lo planteo, no tendré nunca mi conciencia tranquila.

El obispo vio cómo el general apretaba los dientes. Lo miraba con furia, quería salir de aquel despacho lo antes posible.

—Hay una carabela que tiene previsto salir para Tenerife pasado mañana y justo ese día, al atardecer, está previsto que se cumpla la sentencia. Mi plan es que usted saque al corsario y a su hijo del Castillo de Mata y los lleve a la carabela que los trasladará a Argel. Yo le entregaré una carta a Alí Romero en la que le digo que el precio de su liberación es la puesta en libertad de sus tres hijos y de los cautivos canarios que están en aquella plaza.

El general Goez preguntó con incredulidad:

—¿Y cómo sabe que ese corsario cumplirá su parte del plan?

—No me diga cómo lo sé, general, pero estoy convencido de que lo hará. Le digo que ese corsario es un buen cristiano. Como sabe, liberó a cinco cautivos sin pedir nada a cambio, ¿por qué razón no buscará la forma de liberar a sus hijos y al resto de sus paisanos?

El rostro del general se relajó porque el obispo le estaba poniendo en bandeja la única posibilidad de tener a sus hijos con él. Nadie le había dado una salida tan real a su problema.

—¿Qué le parece? ¿Es posible llevar a cabo el plan que le he expuesto? —le preguntó el obispo al comprobar el cambio de actitud del general Goez.

—Posible es. Tengo buenos amigos que no dudarán en ayudarme porque saben el tormento en el que vivo desde hace dos años. Solo tengo una duda, Ilustrísima.

—Cuénteme.

—En el caso de que el corsario renegado no cumpla, ¿qué gano yo?

Bartolomé García esperaba esa pregunta y le contestó:

—Me comprometeré por escrito a realizar una campaña de captación de fondos para la liberación de sus tres hijos. Ya lo he hecho en otras ocasiones y le aseguro que conseguiré el dinero que haga falta para liberarlos, pero estoy convencido de que Simón Romero Arráez cumplirá su palabra. ¿Qué me dice? ¿Acepta?

—Ilustrísima, es usted un representante de la Santa Madre Iglesia muy particular. Jamás pensé que participaría en una acción como esta y menos que sería ideada por un alto representante de la institución católica.

Bartolomé García Ximénez de Rabadán sabía que lo que estaba haciendo se salía de los márgenes establecidos por las leyes, pero también sabía que no tenía otro camino y que ese era el único que podría seguir.

—Entonces, ¿acepta?

—Sí, acepto, Ilustrísima.

—Tiene día y medio para organizar la fuga. No se preocupe por la carabela. Está fondeada en la Bahía de Las Isletas. Mañana un bote lo estará esperando en la playa y no se irá hasta que usted llegue con los corsarios. No se preocupe por el capitán del barco, es de plena confianza y contará una historia muy creíble que nadie pondrá en duda.

—Por la cuenta que me trae, haré lo que esté en mi mano. La libertad de mis hijos está por encima de la moral y de las leyes. ¡Que Dios me perdone!

—Dios lo perdona, hijo mío. En caso de que necesite ayuda, no dude en hacérmelo saber. Váyase, tenemos mucho trabajo que hacer.

El obispo vio cómo el general se levantaba y se iba muy deprisa. Llamó a su secretario y le dijo:

—Prepare un carromato, nos vamos a la carabela.

—¿Nos vamos, Ilustrísima? No me ha dado tiempo de preparar el equipaje.

—No, Miguel, no nos vamos. Tengo que hablar con el capitán de la carabela.

—No entiendo lo que está ocurriendo, Ilustrísima —le dijo confundido.

—No hay nada que entender, Miguel. Solo tienes que llevarme al barco. Por el camino te explicaré de qué se trata. No te preocupes por nada.

De camino, el obispo Bartolomé García Ximénez de Rabadán le relató punto por punto el plan que iban a llevar a cabo y la implicación del general Goez.

El secretario se quedó pensativo y luego preguntó:

—¿Es usted consciente, Ilustrísima, de que estamos cometiendo un delito?

—La delgada línea de la justicia hoy puede estar aquí y mañana, allá, estimado Miguel. Sé dónde tengo la cabeza y sé que esta actuación es ilegal, pero no me queda otro remedio que actuar de esta forma para salvar la vida de un hombre que no se merece morir quemado vivo en una hoguera. No hace falta que te diga que cuento con tu apoyo y discreción.

—Soy una tumba, ni veo, ni hablo, ni oigo, Ilustrísima. Aunque piense que no es correcta esta forma de actuar, jamás podría traicionarlo.

—No esperaba menos de ti. La lealtad es una virtud muy importante en estos tiempos y en situaciones como la que se nos presenta. Tú has sido un fiel secretario, pero también un fiel amigo.

Después de negociar con un pescador y de pagarle con algunas monedas, este accedió a acercarse a la carabela e informar al capitán de que lo estaban esperando en la orilla.

Cuando este estuvo en la playa, el obispo se acercó y le contó el plan que estaba en marcha. El marinero escuchó con mucha atención y, cuando el prelado terminó, le dijo:

—No tengo ningún inconveniente en llevar a esos pasajeros a Argel. Supongo que el corsario me pagará en aquella plaza, pero si no lo hace, ¿quién me pagará a mí los gastos del viaje, Ilustrísima? Y conste que sé que usted se haría cargo de los gastos que se pudieran ocasionar, pero preferiría tener algún tipo de pago adelantado que hiciera de garantía. Póngase en mi lugar.

El obispo sonrió. Nadie quería perder en aquella apuesta tan arriesgada que estaba realizando. Él era el único que estaba dispuesto a perder. En cierta manera, no podía esperar otra respuesta que no fuera la duda ante la puesta en marcha de un plan tan rocambolesco.

—No se preocupe, tiene toda la razón. Este mundo da muchas vueltas y nunca se sabe lo que ocurrirá mañana. Tome —le dijo quitándose el anillo de oro macizo que tenía en el dedo anular de la mano derecha—. En caso de que el corsario no corra con los gastos del viaje, el valor del anillo los cubrirá. ¿Es suficiente garantía?

El capitán del barco se quedó boquiabierto al ver el inmenso anillo de oro rematado con una gran piedra roja que le estaba ofreciendo el prelado.

—¡Ilustrísima! No me refería a este tipo de garantía. El anillo episcopal no puede ser un medio de pago.

El secretario miró al obispo con los ojos muy abiertos, como si se le fueran a salir de las órbitas, sin entender muy bien qué estaba haciendo y sin saber si, por alguna razón, estaba perdiendo el juicio.

—No se preocupe, no es la primera vez que tengo que utilizar los bienes materiales del episcopado para hacer frente a deudas pecuniarias de mi acción pastoral. Así que tome, es lo único que puedo ofrecerle. En caso de que el corsario cumpla con lo pactado, usted me lo devuelve cuando regrese a Tenerife.

—No me parece lo más correcto. Sin embargo, si su Ilustrísima está de acuerdo en ofrecerme el anillo como garantía, yo también lo tengo que estar, ¿no le parece?

—No se hable más. Cójalo y póngalo a buen recaudo; ese anillo vale más que su peso en oro y, además, le tengo un gran aprecio.

—No se preocupe, lo guardaré como oro en paño.

Esperaron a que el capitán se trasladara a la carabela y, cuando lo habían perdido de vista, el secretario comentó resignado:

—Volvemos a quedarnos sin anillo, Ilustrísima.

—No será por mucho tiempo, Miguel. Los bienes materiales de la Iglesia deben servir para solventar los problemas del episcopado y este es uno de ellos. Además, sé que Simón Romero se hará cargo de todas las deudas que genere su liberación.

—De este plan que usted ha puesto en marcha hay algo que todavía no sé, Ilustrísima.

—Pregunta, Miguel, pregunta.

—¿El corsario sabe que mañana será liberado y trasladado a Argel?

—No, no sabe nada. Él conocerá los detalles cuando esté en alta mar y a salvo. Ahí se dará cuenta de que los cristianos también pagamos nuestras deudas cuando es necesario. Él hizo una gran obra sin pedir nada a cambio. Ahora nosotros le devolvemos el favor. Es hora de volver, Miguel. Estoy muy cansado. Los restos de aquel veneno se están cobrando su deuda muy deprisa.

El secretario ayudó al obispo a subir a la carreta y, cuando estuvieron listos, emprendieron la marcha hacia la ciudad.

Al llegar a la sede episcopal, el prelado se acostó a descansar y, mirando hacia el techo de su habitación, pensó que ya no podía hacer más de lo que había hecho por el corsario y que, a partir de ese día, su destino estaba en manos de Dios o de Alá.

***

A un día de la hora de la ejecución, y antes de que amaneciera, un alboroto despertó a Alí Simón y a su hijo. Luego, oyó cómo se abría la cancela de hierro podrido de su celda y vio que una luz iluminaba la oscuridad del habitáculo. Una voz ronca y con un pronunciado acento francés susurró:

—Vengan, tenemos poco tiempo. Un barco sale antes del amanecer hacia Argel y ustedes tienen que salir en él.

—Pero, ¿cómo es posible? —preguntó con asombro.

—Tiene usted buenos amigos, señor, y también muchas influencias, aunque usted no lo crea.

Miró a su hijo y le dijo:

—Parece que nuestra suerte empieza a cambiar, hijo.

—No me lo puedo creer, padre. ¿Quién será nuestro benefactor?

—No lo sé, hijo, pero te dije que nunca tenemos que perder la esperanza.

Salieron sin rechistar. Fuera esperaba un carruaje que los llevaría hacia la Bahía de las Isletas, donde los aguardaba la carabela para partir hacia Argel. El francés les dijo en voz baja y arrastrando las erres:

—Túmbense en la parte de atrás del carromato. Los cubriré con una manta y, luego, con estos sacos de frutas y verduras. Mantengan el pico cerrado durante el trayecto.

El carruaje emprendió el camino con dos faroles que iluminaban escasamente el sendero.

El corsario y su hijo se mantuvieron en silencio durante el recorrido, oyendo solo el traqueteo de la carreta. Al llegar a la playa de Santa Catalina, oyeron la voz del francés y sintieron cómo retiraba los sacos de las frutas y las verduras y, después, la manta.

—Ya pueden salir. Hemos llegado.

Alí Romero y El Kaid salieron de su escondite y se bajaron del carromato. Allí les esperaba el capitán del barco, que les dijo:

—Rápido. No tenemos tiempo que perder. En cuanto suban a bordo, partiremos hacia Argel. Entonces, subieron al bote, el capitán desplegó la vela latina, cogió el timón y enfiló la proa en dirección a su embarcación.

Cuando estuvieron en medio del mar, Alí Romero le preguntó al patrón:

—¿Me puede decir quién es nuestro benefactor?

—Cuando estemos navegando en mi carabela y a salvo, se lo diré.

Estaba amaneciendo cuando el barco soltó las velas y enfilaron rumbo hacia el este. Alí Simón se dirigió hacia la popa y recordó aquel día, aquel amanecer, que dejó para siempre su amada tierra con apenas dieciséis años. Quién había movido los hilos para que se produjese su liberación. Tenía una ligera idea de quién podría haber urdido aquel plan para liberarlo, pero no se lo podía creer.

Después de más de tres horas de navegación, al haber perdido de vista las costas de Gran Canaria, el capitán de la carabela se le acercó y le dijo:

—Ahora estamos fuera de peligro. Su benefactor me rogó que le entregara esta carta. También me dijo que, una vez que la leyera, la destruyera.

Alí Simón cogió la misiva y comenzó a leer.

Estimado Simón:

Espero que, si está leyendo esta carta, se encuentre bien y rumbo a Argel, a la que es su casa. Durante el trayecto, se habrá preguntado quién sería su benefactor, aunque seguro que usted tenía alguna idea de quién había propiciado su liberación. Pero sabe mejor que nadie que todo tiene un precio y su liberación lo tiene, tanto para usted como para mí. Aunque mi precio lo pagaré ante Dios Padre porque solo Él podrá juzgarme.

Usted es consciente de que todavía hay muchas familias canarias que tienen a sus seres queridos esperando a ser liberados en Argel. Una de esas familias atormentadas es la de un general gaditano, destinado en esta plaza, que tiene tres de sus hijos presos en la capital a la cual usted se dirige. Ha movido cielo y tierra para poner en libertad a sus hijos, pero después de dos años no ha conseguido ningún resultado. Me puse en contacto con él para proponerle un plan, que no era otro que su libertad a cambio de la libertad de sus tres hijos y de los canarios de esta plaza que están en Argel. Al principio se mostró esquivo porque decía que quién garantizaba que un renegado fuese a cumplir su palabra después de que tuviera la libertad. Yo le respondí que usted cumpliría el pacto porque sé que usted es un hombre de honor y, aunque no lo crea, es un buen cristiano a pesar de ser devoto del profeta Mahoma. Al final, sellamos el pacto secreto de su liberación; yo hablando en su nombre y él, en el suyo.

Este militar, a Dios gracias, es un hombre con mucha determinación, con mucha influencia y muchos amigos que le deben algunos favores. Urdió un plan muy hábil para hacer creer que había sido obra de un francés, que supongo que conoce, de nombre desconocido y medio argelino que, con financiación del bajá de Argel, había contratado a un grupo de hombres para liberarlo.

Se estará preguntando por qué un obispo ha comprometido su prestigio para liberar a un infiel condenado por la Santa Inquisición. La razón es que sé que es un buen hombre a pesar de sus actividades de piratería que van en contra de toda orden de justicia y que pagará cuando esté ante Dios. Se lo dije en persona y se lo vuelvo a repetir: usted tuvo un gesto digno del perdón de Dios. Pero los tribunales de la Santa Inquisición, en la mayoría de las ocasiones, pierden de vista la magnanimidad de Dios Padre y la ofuscación les impide ver el camino de la iluminación de la Justicia Divina.

Yo no podía permitir que un hombre que había hecho un gesto tan generoso, tan cristiano, terminara sus días quemado en una pira.

Anexa a esta carta está la relación de canarios que están cautivos en Argel y los nombres de los hijos del general. No se olvide de pagarle al capitán lo que corresponda y sea generoso porque pocos habrían hecho lo que él.

En fin, estimado Simón, ya sabe usted por qué está rumbo hacia su querida Argel. Espero que Dios lo guíe hasta el final de sus días y guarde a usted y a su familia.

Gran Canaria, 20 de septiembre de 1689

Al terminar de leer la carta, sonrió. No se había equivocado, sus sospechas eran acertadas. Su hijo, que estaba junto a él, le preguntó:

—¿Quién ha sido nuestro libertador?

—El obispo Bartolomé García Ximénez de Rabadán. Memoriza ese nombre, hijo. Gracias a él hemos vuelto a nacer.

—Me imagino que nuestra liberación tendrá un precio, padre.

—Sí, pero lo que no tiene precio es lo que hizo el obispo. Primero, exponerse públicamente a defender a un renegado y a su hijo ante la Inquisición y, luego, urdir un magnífico plan para ponernos en libertad. Tenemos que cumplir nuestra parte del trato.

—¿Y cuál es, padre?

El corsario le contó los detalles de lo que tenía que hacer para cumplir su parte del acuerdo y su hijo sonrió, era lo más justo.

***

Al atracar en el puerto de Argel, se dirigió al capitán de la carabela y le dijo:

—No sé cuánto me demoraré en encontrar a los hijos del general Goez. Ni siquiera sé si están en esta plaza. Le ofrezco mi casa para que descanse. Usted es mi invitado y mi casa es la suya.

—Se lo agradezco, pero mi barco es mi casa y estoy hecho a vivir en él.

—Espere dos días. En ese tiempo, espero encontrar a los tres hijos del general. Si los encuentro, volveré y se los entregaré. Si no, regresaré de igual forma y le pagaré los gastos ocasionados por el viaje de ida y también por el de vuelta.

—Esperaré aquí. Tengo que hacer la aguada y reponer los víveres para el regreso. También me gustaría obtener un salvoconducto, como los que ustedes les dan a los trinitarios, que nos permita hacer el viaje de vuelta sin problemas.

—No se preocupe por ese detalle. Ya lo había pensado. Tendrá ese salvoconducto firmado por el bajá.

Ese mismo día localizó a los tres hijos del general Goez. Los dos más pequeños estaban como siervos de un comerciante argelino y al mayor lo encontró enfermo y malherido en los Baños de Argel.

Se los llevó a su palacio y allí los atendió como era debido. Decidió que los dos más jóvenes podían viajar, pero el mayor tenía que posponer su vuelta hasta que estuviera recuperado.

Esa misma noche, después de un buen baño y de una comida copiosa, escribió una carta para el obispo Bartolomé García Ximénez de Rabadán:

Estimada Ilustrísima:

Espero que al recibir esta carta la salud sea su fiel compañera.

No tengo palabras para agradecerle lo que hizo por mí y por mi hijo, arriesgando su prestigio para ponernos a salvo. Le estaré eternamente agradecido.

Quiero decirle que he encontrado a los tres hijos del general Goez. Dos de ellos partirán mañana en la carabela que nos trajo a esta plaza; el otro, el mayor, se tendrá que quedar algún tiempo porque no está en condiciones de viajar. Cuando se reponga de su maltrecha salud, lo enviaré a Gran Canaria. Les he explicado a los dos hijos pequeños la situación de su hermano y han estado de acuerdo en partir, aunque me ha costado Dios y ayuda convencerlos. No querían partir sin su hermano mayor. Gracias a que el mayor intervino y los hizo entrar en razón.

Respecto al resto de los canarios cautivos, me llevará algún tiempo organizar ese viaje, pero no dude que cumpliré también esa parte del acuerdo.

También le he pagado generosamente al capitán de la carabela por los servicios prestados y quedó más que satisfecho.

Sin más que decirle, espero que Dios y Alá cuiden de usted y sepan pagarle el bien que está haciendo por los fieles de Canarias.

Argel, 2 de octubre de 1689

Al día siguiente, se dirigió al puerto con los dos hijos del general, subió al barco y, en la cubierta, le dijo al capitán de la calavera:

—Entregue esta carta al señor obispo cuando que pueda. Aquí tiene una bolsa con cincuenta monedas de oro que serán más que suficientes para pagar los gastos que le ha ocasionado este viaje y el salvoconducto firmado por el bajá de Argel. Espero que no lo necesite. También me gustaría agradecerle que accediera a traernos hasta aquí, pocos hubieran asumido ese riesgo. Si habla con el general Goez, dele las gracias en mi nombre. Dígale que desde que pueda enviaré a su primogénito a Gran Canaria y que, mientras esté hospedado en mi casa, lo cuidaré como si fuera mi propio hijo.

—Le entregaré la carta al obispo y buscaré al general para transmitirle su mensaje. Ya me decía el obispo que usted era un hombre de palabra y ha cumplido con creces su parte.

—Ya lo dice ese refrán español: «De bien nacido es ser agradecido». Algo que aprendí hace mucho tiempo fue a pagar mis deudas, y más este tipo de deudas. Aquí tendrá un amigo —le dijo Alí Simón.

—Gracias. En estos tiempos que corren, y dedicándome a lo que me dedico, me viene muy bien tener un amigo en este puerto.

—Que tenga un buen viaje y que Alá lo acompañe.

Alí Simón vio cómo se perdía la carabela en el horizonte y recordó al obispo Bartolomé García Ximénez de Rabadán y al general Goez. Respiró hondo y agradeció a Alá seguir con vida.

Epílogo

A principios del mes de noviembre, cuando el obispo Bartolomé García Ximénez de Rabadán estaba descansando en la isla de Tenerife, su secretario entró en su despacho con una carta en la mano y una pequeña bolsa de tela negra.

—Aquí le traigo el anillo episcopal y una misiva de su amigo el corsario. Nos la ha hecho llegar el capitán de la carabela.

—Al final parece que van cumpliendo con los compromisos adquiridos. El general Goez y nuestro capitán cumplieron.

—Eso parece, Ilustrísima. Usted tiene una extraordinaria capacidad de convencimiento porque el plan de liberar al renegado era muy enrevesado y pensé que nunca se podría llevar a cabo.

El obispo no pudo estar más de acuerdo. Recordó la puesta en marcha del plan y se sintió satisfecho porque había funcionado de principio a fin.

—Sí, tanto que el inquisidor tenía serias dudas de que un francés enviado por el bajá de Argel pudiera llevar a cabo un plan de esa envergadura. Me dijo que detrás tenía que haber personas de muchísima influencia. No sé si se refería a mí, supongo que sí. Gracias a Dios, intervino el general Goez, que lo convenció con argumentos contundentes reforzados con el testimonio de cinco testigos que reafirmaron lo manifestado por él. A ver qué nos dice Simón Romero. Espero que también haya cumplido con su parte —dijo el obispo cogiendo la carta y poniéndose los quevedos para leer con claridad el texto de la misiva.

La leyó despacio. Después sonrió y dijo:

—El corsario también cumplió su parte. Localizó a los hijos del general y embarcó a todos menos al mayor, que estaba muy enfermo. Ya deben de estar en Gran Canaria. También pagó a nuestro capitán y está pendiente de reunir a los cautivos canarios para liberarlos. ¿Qué te parece, Miguel?

El secretario sonrió y dijo:

—Que tiene usted buen ojo para ver el alma de las personas, Ilustrísima. Se lo dije en su día.

—Quizás, y solo quizás, Simón Romero hubiera sido un gran personaje en esta tierra, un gran militar, un gran comerciante o quién sabe si un gran conquistador. Pero las circunstancias de la vida lo llevaron a convertirse en un famoso corsario que tiene un corazón muy cristiano, más que algunos que asisten a la Santa Misa los domingos y fiestas de guardar. Solo le deseo que algún día vuelva al redil de Dios Padre.

Cogió el anillo episcopal y se lo puso. Luego, le entregó la carta al secretario y le dijo:

—Guárdela junto a las otras, Miguel. Quiero terminar con este último texto para descansar un poco de mi labor pastoral. Estoy viejo y muy cansado y casi puedo sentir el aliento de la muerte en mi nuca.

—Pero, ¿qué está diciendo, Ilustrísima? A usted le queda mucha vida por delante.

El obispo se incorporó a duras penas, fue hacia donde estaba su secretario y le dijo:

—Sabes que no, Miguel. Me estoy deteriorando como una planta a la que le falta el agua. El veneno que me dio aquel hijo de Satán ha hecho bien su trabajo. Me ha ido comiendo las entrañas como un maldito parásito sin apenas percatarme. Hoy soy consciente de ello, querido amigo. Tengo los días contados. Sin embargo, no tengo miedo a la muerte. Solo quiero descansar junto al Altísimo. Ya va siendo hora.

—No piense en eso, Ilustrísima. Termine el texto. Después le prepararé una infusión de esas que tanto le gustan para que descanse.

Se acercó al ventanal de su despacho, miró al cielo, lo observó con detenimiento y dijo:

—Dicen que se acerca un cometa que, en las noches sin luna, se puede ver en la lejanía y que en quince días se podrá ver con claridad. También me acompañará un eclipse de luna. Dos prodigios que me llevarán de la mano hasta la muerte, estimado amigo.

—¡Por Dios, Ilustrísima! ¡Déjese de mentar a la bicha!

Volvió a su escritorio, se sentó y dijo:

—Por lo menos hemos hecho el bien, o lo hemos intentado, a pesar de las dificultades que nos hemos encontrado en nuestro camino. Nos reuniremos con el Señor con el expediente lleno de buenas acciones, Miguel. Nos hemos ganado un hueco en el cielo. En fin, amigo, prepárame esa infusión que pronto quiero irme a dormir.

—Claro, Ilustrísima, ahora mismo se la traigo.

El obispo se quedó pensando que su vida se acercaba al fin. Sin embargo, cuando Dios lo llamara a su presencia, se iría con la conciencia tranquila y con la satisfacción del trabajo bien hecho.

***

Alí Romero terminó de cumplir con su palabra. Reunió a los cautivos canarios que había en Argel, pagó su rescate y fletó un barco que los llevó a Gran Canaria. Junto a ellos embarcaría también el hijo mayor del general Goez.

Después, habló con su hijo para determinar si seguía con la idea de dedicarse al corso porque era una cuestión que le preocupaba mucho. Así que un día después del almuerzo le comentó:

—Sigo pensando que podrías encargarte de nuestros barcos comerciales. Has vivido en carne propia lo que es ser un corsario y los peligros que ello conlleva.

El Kaid lo miró y luego le dijo:

—He estado pensando mucho en eso y creo que tienes razón, padre. Me encargaré de esos barcos, pero solo con dos condiciones.

—Dime —dijo con satisfacción, como quien se quita un peso de encima.

—Quiero viajar una o dos veces al mes en esos barcos y ser el responsable absoluto del negocio.

—Perfecto, hijo. Eso quería oír. Así me puedo dedicar a descansar y a vivir la vida. Hace mucho que tengo la sensación de que vivo en el filo de una daga. Además, tu madre quiere que pase más tiempo a su lado y tiene razón. Llevo muchos años dejándola sola y es hora de que cumpla como marido. Sin embargo, sabes que estaré a tu lado para lo que necesites.

—Lo sé, padre, y lo tendré presente. Tu experiencia e influencia valen su peso en oro y sería de tonto no aprovecharse de ellas.

—Confío en que no dudes en preguntarme. La ignorancia consciente solo vive en los necios, hijos. Así que pregunta cuando lo estimes necesario. Sabes que estaré ahí. Esta tarde iremos al puerto a organizar tu primer viaje comercial y mañana pediré una audiencia con el bajá para informarle de que tú serás el máximo responsable de los negocios de la familia.

—¿Cómo se tomará el bajá tu retirada? Para él eres un hombre muy importante.

—Se lo tomará bien porque me sustituirá mi mejor hombre, no te preocupes por eso. Mis relaciones con el bajá son inmejorables. Somos muy buenos amigos. Estará encantado de que tú me sustituyas, de hecho, alguna vez me lo insinuó. Me dijo que me estaba haciendo viejo y, cuando nos arrestaron, insistió en que dejara el corso. Al final le hecho caso. Quiero descansar, hijo.

Alí Simón vivió muchos años. Algunos dicen que dejó este mundo en 1691 a causa de una fuerte afección pulmonar; otros cuentan haberlo visto en la redención de Argel de 1723 vendiendo una partida de cautivos del África negra.

Esta es la historia de Alí Simón, un corsario berberisco.